괜찮아, 봄이니까

괜찮아, 봄이니까

2022년 12월 10일 제 1판 인쇄 발행

지 은 이 ｜ 허여경
퍼 낸 이 ｜ 박종래
퍼 낸 곳 ｜ 도서출판 명성서림

등록번호 ｜ 301-2014-013
주   소 ｜ 04552 서울시 중구 삼일대로8길 17 3~4층(충무로 2가)
대표전화 ｜ 02)2277-2800
팩   스 ｜ 02)2277-8945
이 메 일 ｜ ms8944@chol.com

값 15,000원
ISBN 979-11-92487-80-9

괜찮아, 봄이니까

허여경 장편소설

도서출판 명성서림

서문

마음이란 이상하다. 천국도 만들고 지옥도 만든다. 천 리 밖을 나돌아
다니는 것처럼 흐려졌다가 맑아지고, 뜨거웠다가 차갑게 식어버린다. 마
음 문을 열면 온 세상 다 받아들이다가 마음 문을 닫으면 바늘 하나 꽂
을 자리가 없다.

마음속에서는 타인의 불행을 넉고 사는 대마왕이 산다.
"내 불행을 먹고 행복해지렴."
"나도 만만치 않아. 어디 한번 들어볼래?"
내 손톱 밑의 가시가 제일 아프다고. 내가 알고 있는 불행의 깊이만큼
누군가의 아픔에 공감할 수 있다면 불행을 바라보는 연대감은 서로에게
위안을 줄 수 있을까.

행복을 푸구하며 살아가는 우리는 아주 가끔 불행이 찾아온다는 착각을 하는 존재다. 느닷없는 불행이 눈덩이처럼 커진 순간 마음속 대마왕은 우리를 삼켜버리고 만다.

마음은 순수할 수 있을까. 어떤 가면도 쓰지 않고 밝음과 어둠의 두 얼굴을 가지고 누군가의 불행을 진심으로 위로해 줄 수 있을까.

상처와 아픔을 드러내고 자연스럽게 내려놓는 것이 왜 그리 어려울까. 말 없는 가운데 자신의 존재감을 솔직하게 보여주는 겸손이 와 닿았을까. 가을 들판 어디에서 수줍은 듯 피어있는 들국화를 보면 마음이 따뜻하다.

2022년 가을에
허여경

차례

별이 보내는 모스부호

매일 밤 눈물로 보내고 있던 나는 맑음이를 데리고 친정에 갔다가 집으로 돌아온 후 어지럼증이 머리를 조였다. 거실 한가운데를 빙글빙글 돌기 시작했다. 멍한 가슴으로 넋이 나간 채 눈을 감았다. 깜깜한 방안에서 흑백 영화가 상영되는 듯 영사기 필름이 스르륵스르륵 돌아간다. 잔상과 잔상을 이어주며 영화 속 누군가가 내 손을 잡는 듯하다.

온몸의 뼈가 탈골된 듯 나른한, 이 한량없는 무력감이 바로 죽음이라는 너울이 아닐까. 계속해서 거실을 빙글빙글 돌았다. 홀연 눈앞이 가물가물해지면서 수많은 별 무리가 빛을 발하고 그곳으로 내가 빨려들어 갈 듯 흔들렸다. 그네를 태우듯 흔들리는 내 몸은 구름 사이로 떠올라 바람에 나부끼듯 춤추는 꽃 너울에 몸을 맡겼다. 정원 가득 흐드러지게 피어 있는 기화요초.

드넓은 구름바다에서 살랑살랑 움직이는 물결처럼 연보라빛 꽃잎과 노란색 구슬 같은 꽃술이 아름다운 쑥부쟁이와 구절초, 그리고 개망초가

8

흐드러지게 핀 동서남북 어디를 돌아보아도 꽃 세상이었다.

그곳에서 기웃거리는 남자는 누구시던가, 수줍은 얼굴에 준수한 눈빛을 한 저 사람은 내가 유일하게 사랑한 남자, 그렇게 그리던 김진이 분명한데 입에서 말 한마디도 터져 나오지 않는다. 더는 버틸 수가 없다.

'나는 이렇게 죽는다'

어지럼증인지, 황홀함에 취한 건지, 온몸이 두둥실 떠올랐다. 구름 밭을 지나 어디론가 흘러간다. 바람이 불어 내 몸을 흔들었다. 옥이가 나에게 미소지으며 마중 나왔다. 옥이에게 다가가려고 두 팔 벌려 손짓했다.

귓가에 자자 대던 모든 소리가 멀어지고 눈가에 반짝이며 별빛이 밝은 대낮처럼 환하게 빛을 발했다. 어지러운 순간 차라리 눈을 감았다.

"산신님께 정성을 다해 제물과 맑은 술을 올리오니 강림하시어 흠향하옵시고 부디 큰 은혜를 내리시어 보살펴 주시옵소서."

어디선가 들려오는 목소리에 고개를 들어보니 온통 진달래로 뒤덮인 나지막한 언덕, 그곳에서 사람들이 모여 제사를 지내고 있지 않은가.

사람들이 평안과 무탈을 기원할 때 백발을 하고 수염을 가슴 아래까지 길게 늘어트린 도인이 다가와 말을 건넸다.

"이 장갑을 끼고 잔을 올리거라."

흰색 실로 짠 장갑을 건네주는 도인의 손에서 아버지를 느꼈다.

"어서 잔을 올리지 않고 뭐하는고."

도인이 보랏빛 주머니를 건네주면서 어리둥절하게 머뭇거리는 나를 보며 말했다.

오늘 나를 이곳으로 이끈 미련과 갈망의 근원은 무엇이었을까? 보랏빛 주머니의 의미는 또 무엇일까? 그리고 나는 누구인가?

'이대로 눈 감으면 한 가닥 미미하게 잡고 있던 맑음이의 손을 놓치고 말 겠지….' 맑음이 보다 단 하루만 늦게 죽는 것이 간절한 나의 소망이었다. 내가 먼저 죽으면 우리 맑음이는 어떻게 하나!

"맑음아, 미안하다. 엄마가 이제 이 세상을 떠나야 할 때가 된 것 같구나. 이 춥고 어두운 세상에 너를 혼자 두고 가는 엄마의 발걸음이 이다지도 무겁구나."

감긴 내 눈가에 눈물이 주르륵 흘렀다. 미숙아 발달 장애를 가지고 태어난 맑음이. 딸 아이의 장애가 무겁게 나를 짓눌렀다. 주위의 시선을 의식하고 창피해서 감추려고 억눌러놓고 아이에게 미안해서 한없이 울었다. 그때 왜 마음으로 받아들이지 못했을까.

거실 한가운데를 빙글빙글 돌고 있던 나는 전화를 걸었다.

"빨리 와주세요. 죽을 것 같아요."

내 몸은 허물어져 내리고 거실 바닥에 그대로 출렁 내려앉았다. 쓰러진 자리에서 일어나려고 버둥거려 보지만 숨 쉴 기운도 없어서 그대로 다시 쓰러졌다. 쿵쿵 심장 뛰는 소리가 들려온다. 고장 난 심장이 보내는 불규칙한 박자에 마지막 남아 있는 힘을 모두 쏟아부었다.

서러워했던 지난날 첫 남편 광식을 만나서 여자로 태어난 서글픔을 감내하던 순간이 떠올라 눈물이 흘러내렸다. 그 모든 아픈 것들을 훌훌 털어버리고 홀가분한 마음으로 눈을 감을 수 있다면…. 내 머리 위에 별들이 촘촘히 빛을 발했다.

 어린 시절, 프로스트의 '가지 않은 길'을 즐겨 암송했던 기억이 섬광처럼 지나간 내 삶을 반추하듯 떠올랐다. 그의 집 앞에 숲으로 이어지는 두 갈래 길이 있었고 누구도 두 길을 동시에 걸을 수는 없다. 한 길에 들어선 뒤에는 그 길을 되돌릴 수도 없다. 시간을 거스를 수 없기 때문이다.
 내가 먼 훗날 다시 돌아와 가보지 않은 길을 걸을 수 있다면 얼마나 좋을까. 과거의 나와 결별하고 좀 더 나은 인생을 살고 싶었지만 나아지지 않는 현실에 끝이 보이지 않는 어둠 속에서 홀로 울었다.
 삶과 죽음은 왜 그렇게 중요할까? 사르트르의 인생은 탄생과 죽음 사이의 선택이라는 말을 음미해보면 나는 선택에서 자유롭지 못했다. 삶과 죽음을 스스로에게 끊임없이 질문했던 햄릿이었던 나. 가지 않은 길에 아쉬움을 간직하는 나. 어릴 적부터 크고 작은 결정에 힘들어 짜장면 짬뽕 선택 못 하고 '너 먹는 것' 했었던 그런 나였다.
 테이프를 되감듯 인생의 뒤로 돌아가 다른 길을 갔다면 내 인생이 달라졌을까? 쓸쓸한 생각은 여전히 어제처럼 그렇게 오늘을 살아야 하는 나를 괴롭혔다.
 병실에서 맞이하는 새벽, 불투명의 눈빛으로 창문을 열면 서늘한 바람이 들이차는데 그게 왜 그리 슬픈지 모르겠다. 이른 새벽 상쾌한 공기 속에 미지근한 기운이 섞여 있다가 눈물이 기척도 없이 방울방울 볼을 타고 흘러내리는 것이 아닌가!

"이렇게 살아서는 안 돼!"

한 번 터져버린 눈물이 그동안 웅어리진 마음의 빗장 풀리듯 내 안에서 울부짖으며 부르르 떨었다. 온몸에 전해지는 파장은 커다란 지진 후 따라오는 작은 여진처럼 들썩거렸다.

"해괴한 일이 벌어졌어…."

내 입술을 비집고 쫓기듯 새어 나온 격렬한 외침이 눈뜨고 꾸는 꿈의 잠꼬대라면 얼마나 좋을까. 두 볼을 타고 흐르는 눈물이 없었다면 무게감도, 책임감도 느끼지 않았을 터였다.

수면 아래 잠들어 있던 자의식의 흐름이 깨어나는 순간이었을까. 자아는 부풀어 올라 비대해지고 멈출 수 없는 혼란은 나를 향해 던지는 스스로의 자각 요구에 사로잡혔다.

근원적 우울감은 어디서 왔을까. 나는 현실의 사람들 사이에서 걷고 있으나 그곳엔 내가 없는 것 같았다. 좌절과 혼란의 세상. 몸은 움직이는 동작만 할 뿐, 어두침침한 어딘가에 깊숙이 나를 밀어 넣고 가만히 누웠다. 몸은 마음의 심부름꾼일 뿐, 마음이 이끄는 대로 끌려가는 거푸집이었다. 몸은 겉껍질일 뿐 주인은 마음이고, 영혼이고 심령이었다.

뇌의 착각이었을까. 찰나의 방황이었을까. 뇌가 하는 그 수많은 일 중 기억이 차지하고 있는 부분은 얼마나 될까. 육체는 한없이 가벼워지고 생각은 지나칠 정도로 낙관적이 됐다. 하얀색 깃털로 가득한 날개를 단 천사들이 내 주위에 몰려와 엔젤링이 되어 머리 위에서 돌고 생각하는 기능을 빼고 나머지 모든 기관이 사라져버렸다.

의식의 확인, 그것은 내가 아직 생존하고 있다는 사실의 확인이었다. 내 영혼의 바램과 경험은 세상의 시계가 멈춘 그 순간에도 지속 되었고 소리 없는 정적의 흐름은 평화롭기까지 했다. 그다지 무섭지도 않았다.

오십 후반의 나이, 삶에 대해 냉소하기를 일삼던 나. 살아오면서 단 한 번도 달콤한 행복을 느껴 본 경험이 없지 않았던가. 그리고…. 그리고, 뒤에 더 이을 말이 없지 않은가. 솔직히 말해서 내 인생의 가치와 만족이 이토록이나 빈약하다는 사실에 대해 나는 절망스럽다.

고통이 차지하고 있는 내 삶의 부피가 밀의 낱알 심을 만한 깊이도 없음을 자각했기 때문일까. 빈약한 인생은 무기력한 손가락 사이로 모래알처럼 빠져 나가버리듯 세월을 흘려보내고 있었던 것은 아니었는지. 이렇게 살아도 되는 것일까.

언제부터인가 아주 조금씩, 미세한 실금이 간 항아리에서 물이 새듯 그렇게 내 마음을 적시기 시작하고 물은 시나브로 걷잡을 수 없이 새어들어 와 결국엔 마음자리에 홍수가 나고 터져버려서 절박한 부르짖음을 토해내지 않을 수 없었으리라. 이렇게.

"그래, 이렇게 살아서는 안 돼!"

내일 태양이 떠오를 때 새로운 마음으로 태어날 자신은 없지만, 지금의 나로서는 삶이란 것을 놓고 진지하게 손익계산서를 작성해 보고 싶다. 못 할 것도 없다. 비공개로 덮어 두어야 할 이유가 손톱만큼도 없는 나의 인생이지 않은가.

별빛 우주 아버지

2

열두 살 되던 해 여름. 아버지의 죽음은 갑작스러웠고 하늘과 바다의 대결만큼이나 숨이 막혔다. 아버지는 세상의 유일한 버팀목이었다. 내가 그토록 사랑하고 나를 그렇게 다정하게 대해 준 아버지의 죽음에 눈물이 펑펑 나올 줄 알았다.

아버지가 쓰러졌을 때 나는 얼마나 무서웠는지 모른다. 어두컴컴한 방 안에서 죽음이 가져온 결별에 소름 끼치는 고통과 놀라움에 지쳐 쓰러져 잠이 들었다. 아버지가 나를 바라보며 '자랑스러운 내 딸'이라고 말하던 다정한 목소리가 들려왔다. 그러자 참아왔던 눈물이 폭풍처럼 터져 나왔다. 어둠 속에서 가슴이 터지도록 울었다. 그렇게 마음껏 울다가 깨어보니 사방이 고요하고 어두웠다.

슬픔이 파도처럼 밀려와 가슴이 아렸다. 그날의 둔중한 고통은 한동안 계속되었지만 슬픔 속에서 위태롭게 비틀거리는 나를 아무도 안아주지 않았다. 하얗게 질린 나의 손끝이 조금씩 떨리며 주먹을 불끈 쥐었다. 지독한 불안 증상의 시작이었다.

"선아, 죽음은 그냥 오는 대로 받아들여야 해. 다른 방법은 없었어. 그렇게 늙고 병들고 죽는 거야. 살아있을 때는 모든 것이었다가 죽는 순간 아무것도 아닌 것이 우리의 삶인 거야."

물결 따라 일렁이는 해초를 보며 어지러운 순간 눈을 감으면 나직하게 아버지의 목소리가 들려오는 듯했다. 엉켜버린 빛 방울과 물방울처럼 몽롱했다.

"너는 불길한 운명과는 전혀 관계가 없어."

줄어들지 않는 바다와 잠기지 않는 모래언덕과 입술을 적시는 뜨거운 짠맛이 아버지에 대한 기억처럼 머릿속에 저장되었다.

초연한 척하지도 않고 특별한 의미를 부여하지도 않고 어떤 감상에도 빠지지 않는 죽음이 존재할까. 마지막 순간 육체와 정신을 잠식하는 변화를 그저 무기력하게 바라보는 것만이 할 수 있는 유일한 일이었다.

끝없이 펼쳐진 하늘과 바다처럼 삶과 죽음 사이에는 숨 막히는 긴장감 말고는 아무것도 없어 보였다. 삶과 죽음을 흑과 백처럼 명백하게 갈라놓고 모래시계의 좁은 구멍으로 모래가 빠져나가기만을 기다리는 게 남아있는 삶의 전부라면 끔찍한 일이다.

연일 각성몽을 꾸었다. 희뿌연 빛무리 저편에서 사람들에 둘러싸여 오색 무지개를 거느리고 어디론가 흘러간다. 먼 세계의 그 아스라한 오색 찬란한 빛무리 속에서 어지럼증이 일었다.

어지럼증 때문이었을까. 황홀함에 온몸이 두둥실 떠올랐다. 눈부시게 아름답고 황홀한 세상을 어째서 망설이며 훌쩍 달려오지 못하였나. 마음 무늬를 실어 낸다는 상상의 난 새가 되어 천만 겹의 갈망으로 상상의 황금빛 날개를 훨훨 날아 하늘 끝까지 날아간다.

하늘과 땅이 황금 별빛으로 아롱거리는 천상의 세계가 눈 앞에 펼쳐지고 사시사철 만 가지 꽃과 나비가 어우러진 이상향이다. 그곳에서 그림자가 어린다. 꿈에 보았던 아버지의 모습이 너무나 선연하다. 아버지의 미소 띤 인자한 얼굴이 그리움으로 왈칵 달려든다.

"아버지."

"……"

아버지라고 부른 순간, 마냥 들뜨고 기분이 좋았다. 아버지는 대꾸 없이 고개를 끄덕였다. 가만히 토닥이는 아버지의 손길에 나는 온몸을 내려놓았다. 여기저기 깨지고 상처 난 내 눈동자에서 투명한 눈물방울이 영롱한 옥구슬이 되어 소리 없이 굴러떨어졌다. 어느 순간 옥구슬은 손바닥에 가득 차고 넘쳤다.

가슴 저릿할 정도로 애달픈 순간이었다. 눈가를 문지르고 있는 손의 떨림이 어느새 팔을 기어올랐고 나의 전신을 떨게 했다. 울어서 생기는 떨림이라기엔 비이상적으로 크고 가슴 뭉클한 떨림이었다.

아버지와 딸의 비밀스럽고도 뭉클한 느낌 공동체는 은밀하게 이어져 느낌의 세계 안에서 사건이 생길 때마다 분명히 존재하지만 명확히 뭐라고 말할 수 없는 기적적인 교류를 나누었다.

어떤 느낌 안에서 두 존재가 만나는 짧은 순간 한 번도 쓰지 않았던 뇌의 영역이 파닥파닥 자극받는 기분이었다. 그렇게 느낌 안에서 아버지와 나는 만났다. 서로 사랑하는 이들만이 느낌 공동체를 구성할 수 있는 일이었다.

토닥토닥 나를 어르던 아버지가 보드라운 내 머리칼에 코끝을 슬쩍 부볐다. 순한 눈매에 기다란 속눈썹과 그 밑으로 보이는 오똑한 콧날을 눈으로 담다가 헛기침을 했다. 나는 웃으며 아버지에게 안겼다. 아버지는 따뜻하게 안아 주었다. 그리고 물끄러미 자신의 품에 안겨있는 나를 바라봤다.

"선이, 올해 몇 살이라고 했지?"

"열두 살이요."

내가 수줍게 웃으며 손가락을 펼쳐 보여줬다.

"선아, 이리 오렴. 이렇게 귀여운데 교복 입은 모습은 또 얼마나 예쁠까? 너를 비난하는 사람이 있다면 언제든지 나를 불러. 너에게 용기가 생길 때까지. 내가 너의 용기가 되어줄게."

무릎 나온 바지가 닳고 늘어나서 구멍까지 난 내 옷을 보고 아버지가 말했다. 잘 익은 찐빵 같은 두 뺨에 보조개가 쏙 들어가고 엷게 홍조가 올라왔다. 입매가 사랑스럽게 벌어졌다.

"제가 용기를 갖지 못할까 봐 두려워요."

"그러면 내가 너의 편이 되어 너의 용기가 되어줄게."

아버지는 나의 기억에서 오래도록 남고, 조금 더 욕심을 내보자면 나의 조그마한 모습으로 기억하고 싶지 않았다. 지금보다 조금 더 커진 키와 무릎 나온 구멍 난 바지가 아닌 풋풋한 교복을 입은 모습과, 멋진 학사모를 쓰는 나를 보고 싶어 하셨다. 내가 성장하는 모든 과정을 눈에 담고 싶은 아버지는 간절히 그러길 바랐다.

학교가 끝나면 집으로 돌아와 동생들을 돌보며 집안일을 거들었던 나는 고등학교 다닐 때는 아르바이트를 하며 첫 번째 딸로서 가장 노릇을 했다.

그 당시 우리 집에 들어와 전기와 수도를 이용해서 집을 짓고 세를 살던 김성곤과 그의 처 이덕순은 부랑자였는데 지저분한 몰골에 남루한 옷차림을 한 김성곤은 기다란 얼굴형에 툭 튀어나온 광대뼈가 험악하게 보이는 가무잡잡한 얼굴이었다.

그는 고물 담을 기다란 망태기를 등에 메고 손에는 자루와 집게를 들고 쓰레기를 뒤지고 다니며 언뜻 보기에 돈 되는 물건이 없을 것 같던 옷이나 이불 이외에도 뭔지 모를 물건들을 부지런히 골라 자루 속으로 넣었다. 김성곤은 엿장수를 겸하였다.

"엿이 왔어요. 울릉도 호박엿이 왔어요. 고장 난 시계 빈 병이나 망가진 프라이팬 고무신도 됩니다."

옹색했던 유년시절 리어카 위에 널따란 엿판을 신고 다니며 철컥철컥 엿장수 가위질 소리를 냈다. 그 시절 달달한 엿만큼이나 어린 마음을 들뜨게 했고 엿으로 바꿔 먹을 만한 고물을 찾기 위해 온 집안을 뒤지고 다녔다. 값어치 없어 보이는 고물 약간과 소주병 몇 가지를 들고 나가면 그는 널따란 판 엿 위에 납작한 끌을 대고 묵직한 엿장수 가위로 탁탁 쳐가며 엿을 먹기 좋게 잘라 주었다. 가위 하나로 신명 나게 노랫가락을 연주하며 엿을 자르던 김성곤의 모습을 숨죽이며 지켜보았었다.

어느 날 김성곤은 이덕순을 시켜 엄마에게 돈을 빌려 가서 갚지 않았고 결국, 빌려 간 돈을 갚지 않으려고 발뺌을 하더니 이덕순을 가출시키는 사태까지 벌였다.

김성곤과 이덕순이 떼먹은 돈을 내 힘으로 받아내었고 집안에 문제가 생길 때마다 해결사였던 나는 음모라는 덫에 걸려 넘어졌다. 결혼을 서두른 중매쟁이는 나중에 알게 된 사실이지만 김성곤과 이덕순의 지인이었고 나에게는 먼 친척 오빠였다. 그들의 음모에 의해서 나는 첫 결혼을 했다.

선비 사상이 강한 나는 완벽주의자였다. 슬프지 않은 척. 아프면서 아프지 않은 척. 힘들면서 힘들지 않은 척. 모르면서 다 알고 있는 척. 혼자가 익숙한 척. 다 괜찮은 척했다. 그것이 나의 가면이었다.

언제부턴가 나는 거울을 보는 일이 잦아졌는데 벽에 걸린 거울이 무언가 말을 하려는 걸까. 알아들을 수 없으나 알 것 같은, 마치 음악처럼 말로 옮길 수 없는 언어로 거울이 내게 말을 걸어온다.

"당신은 분노에 휩싸인 얼굴로 나를 찾았군요. 분노에 시간을 허비하느라 아름다움을 흘려보내는군요."

낯선 인사에 길들이지 않은 고개는 뻣뻣하다. 거울 앞에서 발가벗고 선 나는 나와 마주할 자신이 없다. 분명 나 혼자인데 거울에는 한사람이 더 있었다.

"또 다른 사람은 당신의 뒷모습이랍니다."

거울에 비친 내 뒷모습이라기엔 전혀 다른 사람처럼 느껴졌다. 실제로 보는 내 모습은 어느 것일까. '거울 자아'라는 말이 있듯 내가 바라보는 모습과 남이 바라보는 내 모습이 궁금해진다. 내가 보지 못하는 내 뒷모습을 남들은 어떻게 볼까.

"웃고 싶어."

거울 속 내가 말했다. 거울은 잔인한 안경처럼 아무짝에도 쓸모없는 눈물이 심장에 박히면서 얼음장처럼 변하게 만들었다. 그리고 물기 어린 내 눈을 선명하고 더 똑똑하게 보여주었다.

아름다운 모습을 원하면서 아름답게 느끼지 못하고 나쁜 것을 골라서 보는 기억의 조각들은 내 눈에 안경이 되었다. 잠시 혼란스러운 표정의 내 얼굴을 보여주는 거울이 화답하듯 빛을 발했다.

"거울은 어떤 것을 담느냐에 따라 달라져요. 내면에 향기로운 꽃을 담아 놓으면 향기 나는 사람이 되는 거고 쓰레기를 담아 놓으면 그저 쓰레기인 거예요. 아무리 아름다운 크리스탈 컵이라고 해도 거기에 독을 담는다면 독배가 되는 것이지요. 그것은 오로지 당신의 선택인 거랍니다."

생의 가장자리만 골라 서 있다가 뚝뚝 떨어지는 불운의 눈물방울을 훔치고 환하게 웃을 수 있을까. 내가 만든 가면의 굴레를 벗고 진실을 마주 바라볼 수 있을까. 거울도 결국은 누군가를 만나기 위한 문이다. 나 자신의 모습은 내가 만들어 가는 것이니까. 거울 앞에서 나를 들여다보는 눈이 생긴 나는 거울 말고 가족들의 눈을 마주하고 그들과 눈 맞추며 이야기꽃 피우며 잘 웃는 나로 돌아갈 수 있을까.

밝은 빛이 들어오는 창가에 가서 눈을 꼭 감고 창문을 힘껏 밀었다. 수많은 것들이 밀려 들어왔다. 하늘, 구름, 나무, 바람, 그 모든 것들이 나의 눈동자에 담겼다. 그런데 담을 수 없는 단 한 가지, 그것은 바로 나였다. 그런 나를 거울이 담았다. 거울 속에는 수많은 내가 있지만 단 하나인 내가 담겨있었다.

남의 시선에 의존해 눈치를 보았던 어린 시절, 잘못은 대부분 내 안에서 찾았다. 그것은 착해서가 아니라 약하기 때문이었다. 그러나 그런 약함 속에서 나를 가로막을 수 있는 사람은 오직 나뿐이고 나를 사랑하고 행복하게 해줄 수 있는 사람도 오직 나뿐이었다.

내 아래 세 명의 여동생이 있었지만 큰 딸인 나는 아버지의 사랑을 가장 많이 받고 자랐다. 아버지의 큰 딸 사랑을 탐탁지 않은 눈초리로 바라보는 엄마는 나를 뺀 나머지 딸들에게 집중했다.

어느 날부터 아버지가 시름시름 병을 앓기 시작했고 아픈 아버지를 병간호하며 옆에서 내가 지켰다. 그때부터 아버지와 나는 서로에게 의지하며 아무도 모르는 둘만의 언어로 교감했다. 서로 사랑하는 사람만이 느낄 수 있는 느낌 공동체를 형성했다.

이야기를 들려주고 웃으며 안아주는 아버지가 참 좋았다. 아버지는 유년시절 만능 스포츠맨이었고 젊은 시절에는 해결사라는 별명으로 불리었다고. 세상을 돌아다니며 보고 듣고 얻은 이야깃거리를 하나씩 꺼내주

듯 내게 무용담처럼 들려주는 그 모습이 마치 산타클로스가 되어 선물꾸러미를 나누어 주는 듯 보였다. 병상의 아버지가 들려주는 이야기에 시간 가는 줄 모르고 빠져들었다.

"사람을 대하는 진실한 마음을 가져라."

아버지의 병세는 점점 악화되었고 마지막으로 남긴 말씀은 오래도록 생명력을 가지고 자라서 내 가슴속에 영원히 살아서 움직였다.

아버지가 없는 세상은 생각하기도 싫었다. 평온하고 맑았던 하늘과 바다에 구름이 뒤덮이고 폭풍이 휘몰아치는 불안감에 잠을 이루지 못하고 세상에 홀로 버려진 나. 알 수 없는 어두운 기운이 내 전부를 할퀴었다.

칠흑 같은 어둠 속을 달려가는 배 위에서 아버지와 나는 서로를 감싸 안았다. 신기루를 보고 있는 것은 아닐까? 현기증이 날 만큼 산더미 같은 파도에 배가 물에 잠길 것 같은 바다가 주는 공포에 떨었다. 높은 물마루 위에 올라앉은 거대한 배가 내동댕이쳐지고 아버지는 흔적도 없이 사라졌다.

"아버지! 아버지!"

으르렁대며 울부짖고 요동치는 바다와 폭풍 속에서 알 수 없는 소용돌이의 손아귀 속으로 미친 듯이 빨려들어 갔다. 그리고 바다와 폭풍 속에서 울부짖으며 아버지를 찾았다.

폭풍우는 사방에서 맹위를 떨치고 공포에 질린 채 떨고 있을 때 갑자기 어디선가 빛줄기 하나가 환하게 나를 비추었다. 그 빛이 어디서 나왔는지 보려고 고개를 돌려 찾았지만 보이는 것은 거대한 그림자뿐이었다.

내가 본 또 다른 죽음은 할아버지였다.

"할아버지"

하고 불러보라고 했다. 목소리가 나오지 않아 웅얼거리듯 겨우 한두 번 부르고 손을 잡는 사이에 할아버지는 마지막 숨을 거두었다. 할아버지는 손수 지어 오랫동안 살아온 집에서 가족들이 지켜보는 가운데 생을 마감했다.

죽음이 동행한다는 사실을 떠올리면 삶에서 좀 더 나은 선택을 해야 하지 않을까. 사랑이라는 존재를 상기한다. 삶을 포기하고 싶을 만큼 절망적일 때 지지해 주고 앞으로 나아가게 하는 사랑, 고통의 시간 속에서도 인간의 존엄을 지켜주는 사랑, 약한 사람들을 배척하지 않고 안아주는 사랑!

생명이 있는 존재는 필연적으로 죽음을 만나지만 누군가를 사랑하고 사랑받으며 살아간 시간은 절대 숨을 거두지 않는다. 우리는 사랑하기 위해 태어났고 이 세상을 떠날 때 남기고 갈 수 있는 것도 오직 사랑뿐.

죽음에 관한 두려움으로부터 벗어나 한 뼘 더 가뿐해지는 나날을 보내고 사랑하며 살다가 언젠가 죽음의 방문을 받게 되면 고단하게 했던 삶의 짐을 내려놓고 기꺼이 삶의 문을 나설 수 있을 것인가.

나는 여전히 할아버지 옆 방 한가운데 앉아 있었고 어른들의 곡소리가 울려 퍼졌다. 같이 울어야 한다는 말에 소리를 내어 봤지만 눈물이 나지 않아 억지로 쥐어짰다.

세상은 죽음으로 가득하고 수많은 사람이 죽음의 경계를 넘어가지만 마치 아무 일도 없던 것처럼 평온하다. 어디에나 있는 죽음이 아무 곳에도 없는 것처럼. 밤새 어질러진 거리를 득달같이 치우고 난 다음에 맞는 아침처럼 죽음은 세상에서 제거된다. 나 역시 죽자마자 세상에서 제거되리라. 어쨌든 태어난 나는 죽는다.

죽음을 어떻게 볼 것인가? 무성했던 여름날 잎사귀를 모두 떨어뜨리고 난 후 겨울나무처럼 진실한 순간은 무엇으로 남을까? 손을 잡아 줄 가족, 눈물 흘려줄 이웃, 미소를 띠고 배웅해 줄 친구가 우리에게 필요한 전부가 아닐까.

무한의 우주 속에 할딱이는 육체, 끝없는 시간 위의 한순간을 차지하고 있는 내 생명. 가없는 암흑을 상대로 곧 소멸이 되어 버릴 찰나의 가느다란 불티 같은 내 의식, 이러한 현실 이외의 아무것도 없지 않은가.

죽음은 삶을 단단하게 해 주고 일상을 미루지 않고 현재를 살게 해준다. 제각기 다른 삶을 사는 우리 인생에서 중요한 건 떠난 사람들을 기억하고 우리도 언젠가 떠나는 존재임을 망각하지 않아야 한다. 우리는 그 안에서 무수한 질문을 주고받으며 성장하고 나와 다른 가치관이 있음을 존중하며 생각의 외연을 넓혀 나가는 존재가 아닐까.

아버지가 돌아가신 후 엄마는 나를 개똥벌레라고 부르지만 나는 황금벌레가 되기 위해 끊임없이 노력했다. 주눅이 들어 자라지 않는 내 키를 마치 난쟁이 어릿광대 보는 듯 그렇게 들리는 동생들의 웃음소리가 나를 괴롭혔다. '나는 왜 고달프고 힘든 삶을 살고 있을까.' 그동안의 일들을 하나씩 떠올렸다.

폐렴을 앓고 천식으로 발전해 온종일 누워 지내는 막내 옥이를 포대기로 업자, 옥이가 자지러지게 울었다. 바느질 후 잠시 꽂아 넣고 잊어버리고 있던 바늘이 옥이를 아프게 찔렀다. 다짜고짜 엄마가 옥이를 업고 있는 나에게 불같이 화를 내며 거칠게 몰아세웠다.

엄마는 내가 조금만 게을러 보여도 큰 잘못을 한 것처럼 다그쳤다. 집은 좁은 방 두 개였는데 엄마와 네 명의 딸이 같이 살기엔 무척 좁았고 그렇다고 넓은 집으로 이사할 형편이 아니었다.

첫째인 나와 둘째 숙이, 셋째 경이가 방 하나를 함께 썼고 엄마와 막내 옥이가 한방을 썼다. 동생들이 침입자 대하듯 나에게 불쾌한 시선으로 바라보며 말 한마디 걸지 않는 것도 불편했지만 가장 견딜 수 없었던 사람은 엄마였다. 특별히 구박하는 건 없었는데 그게 나를 더 미치게 만들었다. 남들 눈엔 딱히 구박을 하는 것이 아닌데 나를 못 견디게 만드는 것이 엄마의 특기였다.

엄마는 결코 무조건적이지 않고 희생적인 모습이 아니었다. 자기중심적인 인간의 본성이 숨어 있는, 자식을 양육해야 하는 의무에서 평생 벗어나지 못하는 외롭고 고독한 나이든 여성이었다. 엄마라는 존재를 무성으로 느끼곤 하지만 어떤 무서움을 막 내뿜는 존재는 아니었다.

유교적 가부장제가 근본인 사회에서 아버지가 없는 집안의 중심은 흐트러지고 아들을 낳지 못한 엄마는 첫째 딸인 나에게 세상살이 고통을 모두 내려놓은 듯했다. 가장역할을 자처한 나에게 그것이 올무가 되어 숨이 턱턱 막히는 인생의 첫 시작이 아니었을까.

아버지 없는 집안에 맏이인 나는 엄마와 서먹함이 깊어지더니 꿰다 놓은 보릿자루마냥 집에서 불필요한 존재로 전락했다. 점점 기댈 곳 없이 거리감을 넓혀가고 아버지의 부재로 집안에서 구박을 견디며 계단 밑 벽장에서 살았던 열 한 살 고아 해리포터처럼 살게 될 줄은 꿈에도 몰랐다. 나는 엄마의 자기중심적인 모습을 보며 모성은 무조건적이지 않다는 것을 그때 처음 알았다.

엄마가 부엌에서 넘어져 오른팔이 골절되어 수술을 하고 두 달 넘게 병원에 입원했지만 별 차도가 없이 퇴원했을 때 고등학생인 내가 할 수 있는 일은 엄마와 동생들의 밥상을 차리는 일이었다.

엄마와 함께 시장에 갔다가 짜장면 먹고 싶은 내 마음을 몰라주었던 엄마였다. 모처럼 장에 왔는데 짜장면 먹자고 말하는 내게 집에 가서 있는 밥 먹으라고 무뚝뚝하게 말하던 기억은 무척 서운한 기억으로 자리 잡았다.

짜장면은 내가 초등학교 입학 무렵, 읍내에 짜장면집이 있어 아버지가 입학 선물로 처음 사준 음식이었다.

"선아, 너는 세상에서 하나밖에 없는 내 소중한 보물이야. 아빠가 너를 사랑한다는 것을 잊지 말고 가슴에 새기며 살아라."

그날 이후 짜장면은 새로운 음식으로 나에게 다가왔고 아빠가 해 준 말이 짜장면을 특별히 맛있는 음식으로 각인시켰는지 모른다. 그렇게 짜장면은 나와 인연을 맺었다. 그래서 지금도 짜장면을 보면 아버지의 미소

띤 얼굴이 먼저 떠올랐다.

눈 내리는 오후. 세상은 온통 하얗게 눈으로 뒤덮였고 소복소복 쌓이는 눈을 밟으며 발자국을 만들었다. 서늘한 바람에 머리카락이 춤을 추듯 출렁거렸다. 이런 날이면 하루 종일 걸을 수 있을 것 같았다.

걷다가, 걷다가 어떤 누군가를 마주친다고 해도 꼬부장하게 바라보았던 세상의 모든 것에게 희미하게 웃어줄 수 있을 것 같았다. 바람은 허기를 가져왔다. 질풍 같은 허기를 감내하고 집으로 와서 라면을 끓여 먹으려고 냉장고를 열었는데 갑자기 날카로운 엄마 목소리가 들렸다.

"너 뭐 하니?"

"라면 먹으려고요."

엄마는 내 앞으로 다가와 내가 열어놓은 냉장고 문을 닫으며 말했다

"동생들 앞에서 혼자 음식을 먹지 마라."

엄마는 무엇 때문인지 철통같이 냉장고 앞을 막아섰다. 그 서늘한 모습에 나는 그간 쌓였던 울분이 한꺼번에 올라오는 것을 느꼈다.

그러던 어느 날 저녁을 먹으려고 라면을 끓였다. 보글보글 라면을 보자 버릇처럼 비죽거리던 입매가 올라가고 기분 좋은 순간, 엄마의 날카로운 목소리가 들렸다.

"저녁을 못 먹어서요."

"먹고 들어온다며?"

엄마는 내 앞으로 다가와 꺼내놓은 김치를 치워버렸다. 라면 하나에 감정이 스며들 줄을 꿈에도 몰랐다. 엄마는 유난히 밥 먹는 것에 신경 줄을

돋구었다. 그런 일이 있고부터 우리 집에는 규칙이 하나 생겼다. 아침에 나갈 때 저녁을 먹고 들어올 건지 반드시 알려줄 것과 집에서 저녁을 먹겠다고 한 날은 무슨 일이 있어도 집에서 먹어야 했다.

얼핏 들으면 별 규칙이 아닌 것 같다. 그러나 나는 이 규칙 때문에 엄마와 사는 동안 저녁마다 배가 고파도 냉장고 문을 함부로 열지 못했고 배가 불러도 밥을 꾸역꾸역 입안으로 밀어 넣었다.

개는 먹고 살기 위해 사람의 말을 익혔다. 주인이 간식을 줄 때마다 앉아, 손, 뒤집어 등의 순으로 명령어를 외치면 개는 앉았고 주인은 손을 내밀어 간지럽힌다. 그런 다음 개는 몸을 뒤집어 배를 내밀었다.

먹고 산다는 것, 그것은 가장 강력한 지배 수단이었다. 엄마에게 음식은 나를 통제하는 강력한 지배 수단으로 사용되었다. 나는 개껌을 받아 들고 카펫 위에서 좋아라고 구르는 개가 된 기분이었다.

그러던 어느 날 저녁을 먹고 들어온다고 말했는데 안 먹고 들어온 적이 있었다. 라면을 끓여 먹으려고 냉장고를 열었는데 갑자기 날카로운 엄마의 목소리가 들렸다.

"너 또 뭐 하니?"

"저녁을 못 먹어서요."

"먹고 들어온다며?"

엄마는 내 앞으로 다가와서 말했다.

"너의 안 좋은 습관을 고치기 위해 하는 말이야."

엄마의 그 차가운 말은 날 위해서가 아니었다. 나를 꼭두각시 취급을 하고 마치 실에 매달아 조종하는 인형한테 하는 말이었다.

"오늘 야근이 있어서 저녁을 먹을 줄 알았는데 일이 밀려서 밥을 못 먹었어요. 차려 달라는 것도 아닌데 내가 꺼내 먹는 것도 안 되나요?"

"응, 안 돼. 그럴 거면 집에 와서 먹는다고 말을 했어야지."

그날 밤, 배가 너무 고파서 유난히 잠 못 이루는 밤을 보내는 내 귀에 낡고 오래된 냉장고 돌아가는 기계음이 웅웅 거리며 더 크게 들렸다. 그 소리를 들으며 어떻게든 독립해서 집을 나가겠다는 다짐을 했었고 집을 떠나 서울로 올라와 살게 되면서 엄마의 식사 규칙에서 벗어났다.

밥은 관심이고 애정이고 만족함이었다. 밥 먹을 땐 개도 안 건드린다는 말이 있듯이 인간에게 먹는다는 행위는 그만큼 중요하다. 그런 면에서 나의 엄마는 대놓고 구박하는 사람보다 훨씬 악랄했다. 인간의 존엄과 자존심을 집요하고 교묘하게 건드렸기 때문이다. 그렇게 차곡차곡 가슴에 맺힌 응어리는 엄마에게 원망이 되어 돌아갔다.

경이의 신념

3

　　눈이 동그랗고 얼굴이 예쁜 셋째 경이는 동네 아주머니들이 데려가 놀아주곤 했는데, 특별히 옆집 강 씨 아주머니가 경이를 유난히 예뻐했다. 경이는 어릴 때부터 우는 게 특기였다. 울음으로 설움을 토해냈다. 그래서 시작된 엄마의 오해는 늘 나를 향하고 엄마의 회초리는 동생들을 잘 돌보지 못한 나에게 종아리를 때렸다.

　　어느 날 아픈 옥이를 돌보는 경이가 다가와서 말했다.

　　"언니 새로 이사 온 옆집 덕순 아줌마 좀 이상한 것 같아."

　　"왜?"

　　"내가 엄마 심부름으로 팥 시루떡을 가져다주었어."

　　"그런데?"

　　"오늘 덕순 아줌마가 뭔가를 가져왔더라고."

　　"뭘 가져왔는데?"

　　"내가 주었던 떡이랑 똑같은 떡을 다시 가져왔더라고."

"근데 뭐가 이상해?"

"엄마가 그 떡은 우리 집에서 안 먹는 떡이어서 갖다 준거거든."

"그런데?"

"똑같은 팥 시루떡을 다시 돌려주는 거야. 도대체 무슨 심술보야."

경이는 화제를 돌려서 넌지시 물어왔다.

"언니 돈 좀 있어?"

"어디에 쓰려고?"

"성경을 공부하면 이 세상의 그 어떤 학문보다 가치 있는 공부이고 하늘의 이치를 알게 되는 길이야. 앞으로 살아갈 지혜를 얻을 수 있다고 그랬어."

"그래?"

"말씀 공부하려면 돈이 필요해."

경이는 강씨 아주머니와 어릴 때부터 친하게 지내다가 교회를 다니며 점점 성경 공부에 흥미를 느끼고 깊이 빠져들었다. 도서관 분위기에서 여러 명이 마주 보고 앉아 학습할 수 있는 큰 책상과 칠판까지 있는 그곳 분위기에 휩쓸리는 듯 보였다.

"하나님 말씀은 천사가 함께 해야만 깨달아 진데. 못된 사람에게는 천사도 함께하지 않아서 깨닫지 못한데. 난 아무도 믿지 않았는데 천사가 도와주는지 하나님 말씀을 알아 가는 일이 너무 즐겁고 행복해."

"너 혼자만 조용히 믿어라."

"오늘 죽고 싶은데 내일도 살아야 한다는 생각이 들면 지옥이고 오늘 죽는데 내일도 살았으면 하는 마음이 들면 지옥이래."

"그러면 천국은 뭐야?"

"살 때나 죽을 때나 아무런 기대나 여한이 없이 두 팔을 벌려 모든 것을 맞이할 때 천국이래. 세상은 천국과 지옥 두 가지밖에 없어. 지구의 종말은 오고 있어. 난 그것을 직접 체험하고 보고 왔어. 그게 현실이야. 믿지 않으면 지옥에 가. 언니가 믿든 안 믿든 그건 사실이야. 하나님 말씀을 공부하다가 중간에 그만두고 멀어지는 사람은 저주를 받게 돼."

"나한테 알릴 필요는 없어."

"이대로라면 언니가 지옥으로 갈 거 뻔히 아는데 언니라면 사랑하는 사람이 지옥에 가는 걸 그냥 보고만 있을 거야?"

"너 혼자 조용히 믿으라고."

"악한 사람에게는 천사도 함께하지 않아서 깨달을 수 없는데. 언니에게는 천사가 오지 않을까? 하는 생각이 들겠지. 하나님 말씀에 대해서 공부를 하면 믿는 사람은 핍박을 받게 돼. 언젠가는 시험에 드는 때가 있는데 그때 지면 사단 마귀에게 물려가는 것이야. 시험에 든다는 자체가 사단 마귀에게 위협이 되는 존재가 있다는 것이고 하나님의 자식이 되어가고 있다는 증거니까 난 기쁘게 생각해."

"그만해."

"언니가 아무리 부정하고 싶어도 나중에 갈 곳은 천국과 지옥뿐이야. 그래도 지옥에 갈 거야? 예수의 탄생을 기리는 날이 성탄절이잖아. 신약성경에서 예수의 탄생만큼이나 중요한 사건은 그의 죽음과 부활이었데. 광야를 헤매는 예수님의 고난도 있지만 유다처럼 누군가를 배신하기도 하고 베드로처럼 기사도 정신을 부정하지. 즉 그는 잘못 선택받은 사람이야. 그렇다면 절대자 하나님의 탄생에 대한 블랙 코미디가 아닐까?"

알 수 없는 말을 떠들어대는 경이의 입을 막았다.

"그만하라고."

"하나님은 전지전능한 독생자이고 십자가를 지도록 인간세계로 보내졌어."

틀어놓은 수도꼭지 물처럼 쏟아지는 경이 입을 막지 못했다.

경이에게 일곱 살 많은 나는 세상에 먼저 태어났으니 더 많은 삶의 경험치를 가지고 있는 것이 당연했다. 그 당연한 7년의 차이가 삶의 곳곳에서 따라잡을 수 없는 간격으로 열등감의 얼굴을 하고 나타났다.

물리적인 것들만이 아니었다. 감정에서조차 큰언니인 나에게 우위를 내주어야 했던 모든 것이 최초에게만 영광이 주어지듯 경이의 울음은 금메달에 가려진 동메달처럼 신문 헤드라인에서 환영받지 못하는 설움이었다.

친구와 싸워서 울었고 시험성적이 떨어져서라는 사소하고 잦은 이유로 쉽게 눈물이 차오르는 경이를 이해해 주지 않았다. 그래서인지 더 자주 눈물을 흘리는 아이가 되지 않았을까. 울음으로 설움을 토해냈다. 지금도 남들 앞에서 우는 것이 자연스러운 일이었다.

유년시절부터 경이의 우는 모습이 익숙했는데 잘 우는 경이 곁엔 더 잘

우는 숙이가 있었다. 숙이의 어리광이나 발랄함이 그래도 더 편안했다. 울지 않고 무표정한 얼굴로 감정을 드러내지 않는 내가 지금도 남들 앞에서 우는 걸 끔찍이 싫어했다. 나는 무표정한 얼굴로 감정을 잘 드러내지 않고 참는 편이었다.

경이는 성숙한 사람은 언제나 손해라고 생각하고, 으레 슬픔을 이겨낼 수 있으리라고 여겨지기 때문에 배려를 받지 못한다고 말했다. 큰언니인 나는 너무 일찍 성숙했고 그러기에 일찍부터 삶을 알게 된 만큼 빠르게 시련이 찾아왔다고 믿었다. 어린 나이에 온갖 문제들로 시달려야 하는 나를 이해하지 않았다.

나는 아버지가 으레 강요하는 장자의 양보도 조금의 불만 없이 "언니니까."라고 말하며 내 몫으로 받아들였지만, 아버지에게 사랑받고 싶은 마음을 꾹 참고 누르며 살았던 경이는 그래서 더욱 나를 질투했을지도 모른다. 그리고 어른보다 더 성숙해진 나와 빗나간 정서적 괴리를 쌓아왔다. 이런 굉장한 질투와 시기를 마음속에 품고 나를 미워한 시간의 흔적을 조금씩 드러냈다.

경이가 초등학생일 때 고3인 나는 아르바이트가 끝나면 자정이 돼서야 집에 돌아왔고 내가 직장에 다닐 땐 경이가 고3이었다. 경이와 나는 한 집에서 반대의 시차로 살아가며 주말에 가끔 얼굴을 마주쳤다.

나이를 한두 살씩 먹으면서 질투의 세기는 그렇게 점점 더 커갔고 좁힐 수 있는 시간적 여유는 없었다. 내가 가족과 떨어져 서울에서 야간대학교 생활을 시작하면서부터는 아주 멀어졌다.

경이는 내가 없을 때 더 홀가분했을까. 혼자서 열심히 성경책을 보았고 간혹 카세트테이프를 꺼내 무엇인가를 듣고는 했다. 미워하면 닮아간다고 했던가. 질투의 칼날을 세웠던 긴 시간 동안 경이의 마음속에서 일곱 살 많은 언니를 상대로 비틀어진 신앙은 믿음이 되어 자리 잡아 나갔다.

집에서 엄마와 함께 아픈 옥이를 돌보는 경이의 새로운 소식을 직접 들을 수는 없었지만, 엄마와 옥이 방에서 들려오는 이런저런 이야기들을 몰래 엿들었다.

방문 밖에서 말소리가 들리기만 하면 소리가 나는 문 쪽으로 곧장 달려가 문에 몸을 바짝 갖다 댔다. 한동안은 엄마와 경이의 모든 대화가 나와 관련되고 엄마는 경이에게 앞으로 어떻게 해야 하는지 상의하는 이야기였다.

"경아, 아픈 옥이를 위해서라도 좀 더 넓은 집으로 이사 가야 하는데 이사 가는 것도 마음먹은 대로 하지 못하고 있어."

엄마가 먼저 말문을 열었다.

"엄마는 친척들보다 우리 가족이 더 불행하게 세상을 살아야 하는 이유가 뭐라고 생각해?"

경이가 엄마에게 물었다.

"네 아버지가 일찍 돌아가서 그렇지."

"아니야. 하나님을 모르기 때문이야. 하나님을 모르는 죄가 세상에서 가장 크다고 배웠어. 이제부터 엄마, 하나님 믿고 행복하게 살자."

"네가 옥이를 돌보느라 녹초가 되어 힘들구나. 병에 걸린 옥이를 돌봐주는 일이 힘들어도 난 모진 세월을 살아오면서 어떤 어려움도 내 힘으로 이겨내려고 했어."

갑자기 하늘에 먹구름이 몰려와 어두 컴컴해지더니 거센 비가 유리창을 때렸다. 방 속을 떠돌던 공기층의 습기가 날아가지 못하고 이슬로 맺혔다. 벽이 물을 토해냈다.

어둡고 축축한 상태가 지속될수록 마르지 않는 벽에는 곰팡이가 자리 잡았다. 곰팡이는 초기에 잡지 않으면 빠른 속도로 번져나갔다. 찾으면 찾을수록 그는 무서운 존재였다. 공기 중의 포자 형태로 번식해서 호흡기질환이나 각종 질병을 유발시켰다.

옥이가 잘 낫지 않는 이유가 되었을까? 우리 가족의 건강을 위협하는 암적이었다. 곰팡이 제거에 좋다는 것들을 분사하고 습기제거제를 몇 개나 깔았지만 부족했다. 모자란 실내건조를 위해 창문을 열어 환기시키고 드라이기로 뜨거운 바람까지 씌워 주었지만 한계가 있었다.

"더 이상은 힘들어. 그러니까 이젠 하나님을 믿고 힘든 고통을 내려놓자."

경이는 엄마를 전도하려고 애썼다. 엄마는 근심스러운 눈길로 조용히 들어주고 있는 것 같은 모습이 역력했다.

"너는 언제부터 하나님을 믿었냐?"

"어렸을 때부터 날 예뻐해 준 강씨 아줌마가 하나님 믿으면 천당 간다고 늘 말했어요. 강제적인 건 아니고 자발적으로 교회 다녀야겠다고 생각했는데 그 말이 항상 내 마음에 떠나지 않아 이제는 더 미룰 수가 없었어요. 엄마, 더는 이렇게 지낼 수가 없어요. 엄마가 깨닫지 못해도 저는 이제야 알았어요. 그러니까 내가 말하는 건 가난과 불행에서 벗어나도록 엄마와 내가 애써야 한다는 거여요. 할 수 있는 일은 다 해 봤어요. 나를 털끝만큼이라도 비난할 수 있는 사람은 아무도 없어요. 앞으로 닥쳐올 두려움을 이겨내려면 하나님을 믿어야 해요."

그 순간 옥이가 정신 나간 듯한 눈빛으로 폭풍처럼 터져 나오는 기침을 하기 시작했다.

"옥아, 왜 그래?"

옥이는 심하게 기침을 하느라고 엄마 말을 듣지 못했다. 오래도록 음식을 잘 먹지 못해 마르고 야윈 옥이가 기침 후 다시 눈을 감았다. 엄마는 근심 가득한 목소리로 경이에게 물었다.

"옥이가 우리 말을 알아듣고 반응하는 거 같아. 하나님 믿으면 마음이 편해져?"

"엄마, 내가 하는 말이 아니야. 세상에는 천국과 지옥 두 가지밖에 없어. 내가 세상에서 가장 사랑하는 우리 엄마가 하나님을 믿지 않으면 지옥에 갈 거 뻔히 아는데 어떻게 엄마가 지옥에 가는 걸 그냥 보고만 있겠어?"

경이는 조금 전 자신감 있던 모습으로 다시 힘을 주면서 어깨를 으쓱해 보였다. 엄마는 입을 다문 채 마치 무엇인가를 기다리는 듯 그저 앞만 똑바로 쳐다보았다. 그러자 경이가 엄마 손을 덥석 잡았다.

"엄마를 위해 늘 기도해요. 하나님 믿고 천국 가요. 언니는 엄마와 나를 괴롭히는 존재가 되고 있어요. 살아가는 동안 언니에 대한 이질감은 계속될 거고 계속해서 우리는 힘들어져요. 이대로 가면 나중에 길바닥으로 내쫓기는 일이 생길 거예요. 선이 언니하고 저는 함께 살 수 없다는 것을 알았어요."

말을 마친 경이는 두 손을 모으고 기도를 했다.

"하나님, 우리가 음식을 먹을 때 우리의 입은 음식을 잘게 썰고 위와 장에서는 더 잘게 썰어 우리 몸에 살과 피를 만들게 하지만, 지친 우리의 영혼은 앞으로 살아나갈 하나님의 피와 살을 원하옵나이다. 존재의 근원이신 하나님! 영생하시는 하나님이 저와 저희 엄마에게 사랑을 주실 것을 확신하고 믿사옵니다. 아멘."

기도를 마친 경이의 눈에서 눈물 자국이 남았다. 엄마는 도무지 무슨 뜻인지 알 수 없으나 경이의 눈물 섞인 기도를 듣고 따뜻함을 느꼈다. 바로 그때 경이가 흥분하여 자리에서 벌떡 일어나더니 엄마를 보호하려는 듯 두 팔을 벌리고 안았다. 하지만 엄마는 경이의 행동이 유별나게 보였다.

숙이가 방문을 열자 경이는 깜짝 놀라서 움직임을 멈췄다. 피곤이 몰려오는 엄마는 뻣뻣해진 목을 돌려 자리에서 일어났다.

"숙이 언니, 요즘 데이트하고 다니지?"

"선이 언니 옷 입었다고 고자질하지 마라."

"알았어."

"내 이름이 하필 쑥이 뭐야! 촌스럽게."

엉거주춤하게 서 있는 엄마에게 숙이 불쑥 한마디 했다.

"여자 이름이 다 그렇지 뭐."

"희정이로 개명할 거야."

"그렇게 부르면 뭐가 달라진다니?"

"부잣집 딸 같잖아."

숙이는 동네에서 함께 놀던 석규와 붙어 다니며 여고에 입학하고부터는 사귀었다. 간혹 석규를 못 보는 날이 길어지면 괜히 밥도 안 먹고 짜증을 부렸다.

"잠옷 입고 자는 게 내 소망이야."

옷 타령을 하면서 숙이가 방을 나가자 엄마는 누워 있는 옥이에게 눈길을 주더니 옆으로 가서 누웠다. 방 안에 내려앉은 무거운 침묵과 함께 경이 목소리가 잦아들었다.

고등학생 때 아르바이트를 하고 졸업하자마자 직장에 들어가 돈을 벌었던 나는 세상의 가난한 사람에게는 돈이 따르지 않는다는 것을 알게 되었다. 가난한 삶이란 절박한 시간 외엔 어떤 것도 허락하지 않았고 아버지가 돌아가시고 나서 깨달은 것은 가족 중 누구 하나의 불행은 깊은 슬픔을 만들고 빈자리가 되어 어떤 행복도 대신 할 수 없는 공허가 된다는 것이었다.

옆방에서 돈 이야기가 나올 때마다 나는 서글퍼서 온몸이 불덩이처럼 열이 후끈 달아올랐다. 그런 날이면 밤새도록 누워 한숨도 자지 못한 채 몇 시간이고 이리저리 몸을 뒤척이다가 잠이 오지 않을 때 창턱에 기대서서 창밖을 내다보며 생각에 잠겼다. 그것은 오래전부터 창밖을 내다보면서 느꼈던 해방감에 대한 갈망에서 비롯된 행동이었다.

창밖으로 보이는 것이 회색 하늘과 동색 대지가 하나로 합쳐져 지평선을 구분할 수 없는 황야의 풍경이라는 생각이 들었다. 잠시 창가에 머물며 심호흡을 했다.

'비바람 몰아치는 캄캄한 날에도 시커먼 먹장구름을 꿰뚫어 볼 수 있는 눈이 있다면… 그 위에 찬란한 태양이 빛나고 있다는 것을 알게 되겠지.' 깊은 한밤중에 홀로 밖을 내다보고 서 있으면 사위는 무겁게 가라앉고 먼 길을 달려온 별빛은 천지간에 차분히 내려앉은 후에 어둠 속으로 녹아들었다.

살아있는 모든 것들이 소리를 잠근 시간, 바람 소리만이 간간이 적막을 깨우고 누구라도 깨어나 인기척이 날까 싶어 숨소리조차 낮게 하며 온몸의 감각을 집중시켰다. 나뭇잎 바스라지는 소리에도 나는 머리칼이 곤두섰다. 긴장감이 높아진 몸은 아드레날린을 대량으로 방출했다.

"정말 열심히 사는구나."

어설프지 않은 인생을 살겠다고 나 스스로 다짐했었다. 그리고 그것을 실천하는 인생을 살겠다고 나와 약속했었다. 그 약속이 허세 부린 객기가 아니기를 간절히 소망했다.

어둠 속을 뚫고 출근해서 창밖으로 허상처럼 비추던 햇빛이 떨어지고 다시금 어둠이 찾아오면 퇴근해서 집으로 돌아온 나를 싸늘한 눈빛으로 쪼아보던 엄마의 얼굴이 그려졌다.

"오늘도 수고했어."

엄마에게 듣고 싶은 말 한마디였지만 엄마의 심경은 여전히 알 수가 없었다. 매일 다르지만 비슷하게 내 마음을 아프게 하는 엄마였다.

"내가 그랬나?"

문득 이렇게 잠이 오지 않는 깊은 밤이면 엄마의 안부를 먼저 생각해야 하고 동생들에게 언니 노릇을 잘 해야 한다는 강박감이 있을 뿐 왠지 나만 처진 것 같은 고립감이 들었다.

매번 같은 모양의 시간이 다가오면 마음은 어디로든 도망가고 싶었지만 차마 그럴 수가 없었다. 십 대 때부터 몸에 밴 책임감이 지겨울 만큼 무기력할 때쯤 엄마는 나에게 다시 전투 의지를 스멀스멀 끌어 올리고 불태우게 했다.

내 삶의 이벤트는 무엇일까. 누구나 그렇고 그런 삶과 이벤트에 조금씩 닳고 닳아서 무디어질 때가 있던가. '조금만 더 힘을 내자, 나에게 집중할 시간이 올 거야' 하지만 아침마다 가족의 생계를 위해 바쁘게 움직여야 하는 삶이었다. 나의 의도와 의도하지 않은 시간이 섞이며….

나는 왜 엄마와 경이에게 환영받지 못하는 능력 이상의 것을 발휘하고 완벽함을 추구하며 살아가는 것일까? 엄마와 나 사이를 멀어지게 하고 부정적인 영향을 가져오는 이유가 무엇일까?

해야 할 일은 누가 시키지 않아도 내 눈에는 끝없이 보였고 가난에서 벗어나려는 몸부림으로 적당히 타협하지 않고 나 자신에게 기대를 많이 하는 것이 더 낫다고 생각했다. 그것이 때로는 신경과민증으로 발전하여 나와 내 가족에게 채찍을 가했는지도 모를 일이었다.

어른들 말씀에 원래 일이라는 것이 하는 사람만 계속하고 노는 사람은 영원히 노는 사람이라고 하지 않던가. 노비 근성을 타고 난 것 같은 나는 어디를 가도 엉덩이를 느긋하게 붙이고 앉는 게 거북해서 냉큼 일어나 움직여야 편안하다. 그 편안함이 내 삶을 고되고 지치게 하지는 않았을까.

말은 안 해도 적어도 내 가족은 알아주기를 바라면서 참는 게 습관이 되어버렸다. 에둘러 말해 '내가 하고 마는 게 편해'라는 그 근성은 오래 몸에 밴 잣대에 어긋나면 안 된다는 강박감과 세뇌가 아니었을까.

집안의 어떤 문제든 해결해야 하고 모순적인 이상을 실현해야 한다는 강박증에 사로잡혀 실수하지 않으려고 작은 결점마저 허락하지 않은 나 자신을 이상적인 존재로 만들려는 성격으로 이어진 것은 아니었을까? 이런 나에게 따뜻한 말 한마디 거들어주는 엄마와 동생들의 모습은 볼 수 없었다.

충분한 사랑과 인정이라는 최고의 영양을 받지 못하고 언제나 결핍과 갈증 상태였다. 실패하지 않는 인생을 살기 위해 실패를 너무 두려워하는 나머지 번 아웃이나 과도한 스트레스를 받았다. 번 아웃으로 고갈된 몸이 무엇을 말하는지 몰라서 그저 괴로웠다.

내 몸은 서서히 지쳐 가고 나를 비난하는 엄마의 기준이 맞부딪혀 우울증 상태가 되었다. 삶이 완벽해지면 좋겠지만 완벽이라는 것은 불가능이지 않을까. 사람은 완벽한 존재가 될 수 없음을 받아들이고 나의 높은 기준으로 엄마와 경이에게 스트레스를 주고 있다면 그 기준을 조금 낮추고 현실과 타협이 필요하지 않았을까?

오늘 같은 밤이면 가만히 눈을 감고 적막과 고요와 어둠 속에서 귀를 열어놓는다. 세상의 소음이 일제히 떠들다가 어느 순간 아득해지면 그들이 하는 나레이터의 속삭임을 듣는다.

낮에는 잊고 있던 우주가 밤이 되어 별과 달이 나타나면 현실이 되고 별빛은 우주를 데려오는 전령이다. 서늘한 기운이 한바탕 정수리를 스쳐 지나간 뒤에 비로소 고개를 들었다. 하늘과 산과 나무와 바위를 바라본다. 숨어 들어가는 별빛도 기어이 찾아내려고 집중한다.

호흡을 아주 깊이 하고 천천히 집중하면 은밀한 목소리가 들려온다. 누군가는 신의 소리, 자아의 인식이라고 이름을 붙이겠지만 중요한 것은 듣는다는 사실이었다. 사람들은 죽음을 직감한 때에라야 비로소 목소리에 귀 기울인다는데 언제부턴가 고요 속의 아버지 목소리를 그리워했다.

누군가는 가을바람에 일렁이는 억새를 보고 그리워하는 사람의 영혼이 거기에 머물고 있다고 말한다. 힘들 때면 죽은 이의 영혼이 내 삶으로 응원 군단을 보내 준다고 생각하는 사람과, 사람이 죽으면 육체도 정신도 모두 소멸된다고 생각하는 사람이 있었다.

"정말 열심히 사는구나!"

나에게 좀 더 세밀하게 귀를 잘 기울였다고 그렇게 느낀 순간 밤하늘을 올려다보면 살며시 아버지의 얼굴이 떠오른다.

"선아, 가장 중요한 것은 행복하게 사는 것이란다. 행복은 목숨보다 더 소중한 거야. 행복을 만드는 사람과 찾는 사람이 있어. 불행을 끌어당기는 사람과 버리는 사람이 있고. 일이 안 될 때 '그러면 그렇지'라며 불운을 가중시키는 사람과 괜찮아. 잘 될 거야. 하고 유턴하는 사람이 있단다. 구덩이에 삽질을 더하려는 불행과 이참에 물길을 바꿔서 행복으로 만드는 결정은 너의 태도에 따라 다르지. 만약 엄마 때문에 자꾸 피곤하고 화가 나면 잠시 떨어져 지내보렴. 그래도 어떻게 그래. 라는 주저함은 너를 힘들게 하는 위험한 오지랖이란다. 사는 건 관계 유지를 위한 버티기가 아니라 어울려 살면서 행복을 만드는 일이란다."

행복은 목숨보다 소중한 것이라는 아버지의 말이 깊은 여운으로 다가왔다. 행복은 함께 어울려 사는 것이라는 아버지의 따뜻한 음성이 가슴 깊이 전해졌다.

"선아, 사람은 누구나 선한 씨앗 하나씩을 품고 있어. 가진 게 없다지만 살아있어 자유롭게 움직이는 몸과 정신이 있으니 너 자신에게 성실하고 남에게 정직하다면 선행은 시작된단다. 좋은 말을 하다 보면 생각이 말을 쫓아 좋은 행동을 하고 좋은 인생을 살게 하는 거란다. 인생 한 번 태어났으니 가성비 좋은 사람으로 살다가 가렴."

무성한 나뭇잎이 밤바람에 살며시 흔들리며 아버지의 목소리를 들려주었다. 바람에 나부끼는 낙엽 에게는 자유가 있다고.

엄마와 경이가 번갈아 가면서 옥이를 돌보았는데 그 어떤 경우에도 아픈 옥이를 집에 혼자 두게 할 수 없었다. 언제나 가족 중 한 사람은 집에 남아 있어야 했었다. 나중에 숙이에게 들어서 알게 되었지만 옥이를 혼자 두고 엄마와 경이는 함께 집을 나섰다.

이 불행한 일이 일어난 날 집으로 돌아온 엄마는 집안의 돈 문제와 앞으로 바램에 대해 경이에게 자세히 이야기를 들려주었다.

"하나씩 꼼꼼히 따져 보니 미래가 그리 나쁜 것만은 아니야. 지금까지는 내 힘으로 살아지겠지. 했는데 막상 너와 이야기해 보니 하나님은 참 좋다는 생각이 들었어. 특히 우리에게 앞으로 희망적이라는 생각을 했어."

그리고 며칠 뒤 엄마와 경이는 옥이를 혼자 두고 다시 함께 집을 나섰다. 최근에 옥이 병이 점점 더 깊어져 가고 나아지지 않음에 엄마 얼굴이 창백해질 정도로 수심이 가득했는데 그럼에도 불구하고 생기를 띠었다.

엄마의 바램은 어렵고 힘든 상황을 벗어나 가장 빠른 길을 찾고 쾌적한 집으로 옮겨서 아픈 옥이 병이 낫기를 바라는 것이었다. 지금의 집보다는 더 크고 위치도 좋고 편안한 집을 얻는 이런저런 이야기를 나누었다.

경이는 기지개를 쭉 켰다. 엄마는 그 모습이 마치 새로운 꿈과 앞으로의 희망찬 미래에 대한 약속처럼 여겨졌다. 경이는 엄마를 이끌어 강씨가 운영하는 성경 공부를 하게 하고 기도를 했다.

"하나님, 걱정이 몰려올 때는 어떻게 할까요?"

경이가 엄마 얼굴을 보면서 말문을 열었다.

"손가락을 따뜻하게 감싸고 기도한 다음 이리저리 방법을 모색하고 궁리하고 몰두하며 사색하는 훈련의 기회로 삼아라. 그리고 모래 위에 손가락 글자를 써 본 다음 모래로 덮어버리듯이 모든 과정을 지워버리고 백지로 돌아가라. 그런 다음 하나님을 의지하고 일어서라. 또 눈은 눈으로 이는 이로 갚으라 하였다는 것을 너희가 들었으나 나는 너희에게 이르노니 악한 자를 대적하지 말라. 누구든지 네 오른편 뺨을 치거든 왼편도 돌려대라. 중요한 것은 우리가 마음을 합해야 함을 약속하는 것뿐이니라."

강씨가 경이 말을 이어받았다.

"때때로 속아 주는 사람이 있지요. 그는 한 뺨을 맞을 때 다른 뺨을 돌려대고 그 홍조로 죽을 때의 그늘을 태우고 오리를 가자고 할 때 십 리를 가주어 인생의 흑자를 남기는 사람입니다. 그것이 하나님의 가르침을 따르는 것입니다. 또 늘 남을 속이는 사람이 있는데요. 그는 남의 뺨을 때려 죽을 때의 그늘에서 떨고 오 리를 가도록 강요하여 인생의 적자를 남기는 사람입니다. 그는 하나님의 가르침을 들어본 적이 없는 사람이에요. 잔재주로 남을 속였으면 '내가 또 속았군' 하며 대성통곡해야 합니다. 속은 줄을 알면 두 발을 뻗고 편안함을 누리라고 했습니다. 또 그냥 속아 주었으면 빙그레 웃으며 산책을 하면 됩니다. 하하"

엄마는 경이와 강 씨의 친절한 안내를 받으며 그들의 관계망에서 벗어나지 못하고 따라다녔다.

4

도깨비 터

엄마는 이따금 하던 일을 멈추고 벌떡 일어나 조그만 비밀 서랍에서 이런저런 증서나 장부 같은 것들을 꺼내 오곤 했는데 그 서류는 십 년 전 아버지가 돌아가시고 난 후 남은 재산이었다. 엄마는 자물쇠로 서랍을 닫아걸고 열쇠를 찾아 열고는 찾으려던 물건을 꺼낸 뒤 바로 문을 다시 잠갔다. 그 뒤로 이어지는 엄마의 문서에 대한 설명은 들을 수가 없었다.

십 년 전 아버지가 돌아가셨을 때 한 푼도 건지지 못했다고 생각했었다. 단 한 번도 엄마는 나에게 재산에 대해 말해 준 적이 없었고 나도 남아 있는 재산에 대해 물어 본 적이 없었다.

그 당시 나의 유일한 관심사는 아버지의 빈 자리를 채우려는 노력이었다. 아버지를 잃은 온 가족의 절망과 슬픔에 빠뜨린 그 기억을 최대한 빨리 잊을 수 있게 노력하는 것뿐이었다.

남들보다 열심히 일한 노력으로 말단 회사원에서 회계 전문직으로 옮길 수 있었다. 월급을 받으면 엄마를 드리고 나 혼자서 집안의 생활비를 감당했지만가족들은 알아주지 않았다.

시간이 지날수록 내가 돈을 벌어 오는 것이 당연한 것처럼 생각한 엄마와 동생들에게 친밀함 같은 애틋한 정은 만들어지지 않았다. 단지 어렸을 때 내가 업고 돌보았던 옥이는 여전히 나와 눈을 마주쳤고 가깝게 지냈다.

아픈 옥이는 그림 그리는 것을 무척 좋아해서 병이 나아지면 미술학교에 보내겠다는 계획을 세워 놓았다. 물론 돈이 많이 들겠지만 내가 더 열심히 하면 어떻게든 동생의 학비는 만들 수 있을 것 같았다.

내가 떨어져 있다가 잠시 집에 와 있을 때면 옥이에게 크레파스와 스케치북을 주고 그림을 그리게 했다.

"옥아, 네가 가장 좋아하는 색깔을 찾아서 칠해봐."

옥이는 빨강 색 크레파스를 가장 먼저 집어 들었다. 그리고 하트 모양을 그린 다음 그 안에 옥이 마음을 채웠다. 나는 옥이에게 더 이상의 강요는 하지 않았다. 있는 그대로 존중하고 존중받기를 원했다.

옥이와 여러 가지 색깔과 그림 이야기를 나누었다. 하지만 엄마는 그런 모습의 나를 탐탁지 않은 얼굴로 바라보았다. 그것은 이루어질 수 없는 꿈이라고 여겼고 엄마는 그런 이야기를 듣는 것조차 싫어했다. 그러나 나는 옥이를 미술학교에 보내는 일에 대해 구체적인 계획을 세우고 그 계획을 엄마와 동생들에게 알릴 작정이었다.

어쩌다 내가 집에 온 날이면 문에 바짝 귀를 대고 밖에서 들려오는 소리를 엿듣고 있는 동안 내 머릿속에는 지금의 처지로는 아무 소용도 없는 그런 계획들이 하나씩 스쳐 지나갔다. 신경을 곤두세우고 똑바로 오래 서 있으니 온몸에 피로가 몰려와 더는 엿듣고 있기가 힘에 겨웠다.

"쉿!"

한동안 침묵이 이어지다가 엄마와 경이는 중단했던 이야기를 천천히 다시 이었다. 나는 그들이 주고받는 이야기를 충분히 알 수 있었다. 엄마가 몇 번이고 되풀이 말을 했기 때문인데 이것은 엄마의 오래된 습관이기도 했다. 엄마는 무슨 말이든지 바로 알아듣지 못했다.

아무튼, 내가 없는 동안 집 안에 있었던 여러 가지 일들과 성경공부 이야기들이 주를 이루었다. 아버지가 돌아가시고 안 좋은 일에도 불구하고 예전의 재산 중 일부가 남아 있다는 사실을 알게 되었다.

그동안 엄마는 계를 열심히 하고 있었고 손대지 않고 넣어 둔 덕에 이자가 불어 재산이 조금 늘어나게 되었으며 내가 용돈을 아껴 쓰면서 다달이 집으로 가져온 돈도 조금씩 모아 약간의 목돈이 되었다는 것까지 알게 되었다.

문 뒤에서 엄마와 경이의 이야기에 더 열심히 고개를 끄덕이며 듣다가 전혀 예기치 못한 사실을 알게 되었을 때는 미묘한 흥분이 일어났다. 보기와 달리 엄마는 치밀하고 꼼꼼한 절약 정신이 몸에 배어있었다. 그러나 엄마의 계산법과 세상의 계산법은 일치하지 않았다.

만약, 내가 엄마의 비상금을 진작에 알았다면 고등학생 때부터 해 오던 아르바이트와 지금 다니고 있는 이 지긋지긋한 직장을 그만둘 수도 있었을 터였다.

내가 원하는 것이 있다면 밤에 실컷 잠을 자보고 집안일은 가끔 거드는 것이었다. 지금까지 내 힘으로 독립하고 서울에서 집을 구하고 검소하게 생활하면서 옷이 많지 않으나 나름 깔끔하게 입고 소박한 생활을 해왔다. 직장에 열심히 다니는 것이 나의 전부였다.

그러나 몰랐던 사실을 지금 알게 되니 씁쓸하기도 하지만 한편으로 엄마의 생각이 남은 가족들을 위해 더 좋은 일이 되리라는 믿음이 생겼다.

하지만 이제껏 모아 둔 돈의 이자로 가족이 먹고 살기에는 결코 충분하지 못했다. 엄마는 생계를 위해 쪼들리는 형편을 입버릇처럼 말을 했고 그 이상의 말을 나에게 하지 않았다. 그러니 결국 엄마의 비상금은 손을 대서는 안 되는 만일의 경우를 위해 남겨 두어야 할 것이었다.

3년 전 일이었다. 절약 정신이 몸에 밴 엄마는 동네 사람들과 곗돈 놀이를 즐겨 하고 곗돈으로 마련하는 금목걸이와 금반지를 장만하고 즐거워했다. 계원이었던 이덕순은 언제부터인지 계주가 되었다.

천만 원짜리 계 두 구 좌를 엄마에게 들게 한 이덕순은 한집에 살았고 무엇보다 엄마의 먼 친척이었다. 엄마가 계 탈 차례가 돌아왔고 매월 들어갔던 곗돈을 제날짜에 못 탈까 봐 노심초사할 때였다.

집안에 무슨 일이 생길 때마다 해결사 역할을 하는 나에게 엄마가 근심 어린 얼굴을 하고 말했다.

"선아, 이번에 계를 들었는데 아무래도 심상찮아. 금액이 커서 걱정이야."

"이번에는 얼마인데요?"

"천만 원짜리 두 구 좌를 들었어."

"엄마는 언제 그렇게 돈을 모았어요."

"그나저나 조짐이 불안해."

엄마가 계 타는 날짜가 지나갔는데 이덕순에게 아무런 소식이 없었다. 불안한 엄마가 이덕순을 찾아갔다.

"내가 계 탈 차례가 되었으니 약속대로 태워주게."

"형님, 이번에는 날짜를 못 지켜요. 좀 기다려요."

걱정으로 밤잠을 설치는 엄마가 또다시 걱정을 털어놓았다. 이덕순을 찾아간 나는 돈을 빌려달라고 부탁했다.

"제가 서울에서 집을 하나 샀는데 잔금 천오백 만원이 필요해요. 지금 엄마에게 계를 못 태워주시더라도 집을 사면 이천만 원 대출을 받을 수 있으니 천오백 만원을 먼저 빌려주시면 이천만 원 대출받아서 갚을게요. 급해서 그러니 내 부탁을 먼저 들어주세요."

알 수 없는 표정으로 내 말에 반응하는 이덕순이었다.

"언제 대출이 나오는데?"

"내일 계약한 집 잔금 치르면 내일모레 정도 될 거여요."

"약속 지켜야 해."

다음 날 이덕순은 천오백 만원을 나한테 빌려주면서 당부의 말을 남겼다.

"내일까지 꼭 돌려줘야 해."

동네 계원들을 만나고 집에 돌아온 엄마와 나는 무슨 대책을 세워야 했다.

"아무래도 덕순이가 요즘 이상해. 숨기는 것도 많고 계 태워주는 날짜를 안 지키는 낌새가 수상해."

계원들이 하는 말이었다. 그리고 다음 날 이덕순이 찾아왔을 때 엄마가 말했다.

"정말 미안해서 어쩌지? 선이 집 계약이 갑자기 취소되었어. 주인이 집을 안 판다고 마음이 바뀌어서."

이덕순의 얼굴빛이 순식간에 어두워졌다.

"내가 준 돈 주세요."

"무슨 소리야, 이번에 내가 계 탈 차례인데 돈을 돌려줄 필요가 없지."

"뭐라고요?"

이덕순은 얼굴이 파랗게 질려서 부들부들 떨었다. 엄마는 이덕순의 계를 들었고 450만원까지 진작에 빌려주었는데 돈을 빌려 간 후 이덕순의 행동이 어딘가 불안하고 어색했다고 말했다. 계모임은 그 날 이후 산산조각이 나버리고 이덕순은 어디로 도망을 갔다.

엄마가 속을 끓이자 옆에서 지켜보던 내가 수소문 끝에 이덕순을 찾아갔다.

"엄마가 빌려준 돈을 돌려주세요."

"친척 오빠가 죽었는데 장례는 치른 후에 줄 테니까 걱정하지 마."

"오늘은 돌아갈 테니 약속을 지키세요."

다시 찾아 갔지만 이덕순은 보이지 않고 김성곤 혼자 있었다.

"약속한 날짜가 지났어요."

그에게 내가 말했다.

"돈을 빌렸는지 빌려주었는지 난 모르는 일이야."

"떼먹으려고 작정한 건가요?"

"나한테 백번 말해봐야 소용없어."

김성곤은 모르는 일이라며 발뺌을 했고 이덕순의 모습은 볼 수 없었다. 다시 수소문 끝에 이덕순이 있는 곳을 찾아갔다.

"정말 너무하네요."

"죽은 우리 오빠 천도제 하는데 꿈을 꾸었어. 내 꿈에 네 아버지가 보이는 거야. 너희 아버지가 나한테 뭐라고 하는 줄 알아? 돈이 없어서 저승 문턱에도 못 들어가고 떠돌아다니며 고생한다고 하더라. 그래서 죽은 우리 오빠 천도제 할 때 네 아버지도 내가 천도제 해줬어. 그러느라 너한테 줄 돈이 하나도 없어."

"돈이 없다고? 거짓말! 경찰에 고발하고 법으로 하겠어요"

"그래 법으로 해 봐. 앞으로 어떻게 되는지 두고 보라고."

돈을 빌려 가서 갚지 않으려는 사람을 법에 심판받게 하고 마침내 검찰청의 힘을 빌려서 그들에게 빌려준 450만 원을 3년 후에 받아냈다.

여전히 내가 아니더라도 누군가가 생활비를 꼬박꼬박 벌어야 하는 상황이었다. 엄마는 건강하지만 이미 나이가 들었고 집에서 옥이를 돌보느라 아무 일도 하지 않았기 때문에 모든 일에 자신감이 없었다. 많은 고생을 했지만 결국에는 딱히 내놓을 것 하나 없었던 엄마의 삶에서 아버지 없는 지나간 세월 동안 살이 많이 쪄서 움직이는 것조차 둔해져 있었다.

더구나 옥이가 천식까지 앓고 있어서 집안을 돌아다니는 것도 힘들어했다. 게다가 이틀에 한 번꼴로 호흡 장애를 일으켜 온종일 창문을 열어둔 채 방 안에 누워 지내는 신세였다.

옥이의 힘없는 눈동자가 흐려지고 폭풍처럼 터져 나오는 기침이 우리가족 모두를 괴롭히는 나날이 계속되었다. 엄마가 밥을 먹으려고 숟가락을 들어 올리며 괜스레 화가 나 역정을 냈다.

"아이고 정말 못 살겠다."

짧은 말 한마디를 하고 숟가락을 내려놓고 돌아앉았다. 엄마의 가슴속에는 무엇이 있을까. 엄마의 말 한마디가 내 가슴을 후벼팠다. 확실히 아팠다. 편치 않은 밥상머리에서 나는 옥이에게 한 숟가락, 두 숟가락 밥을 먹여 주었다.

옥이가 어느새 잠이 들고 해가 떨어지고 밤이 찾아오고 나서야 답답한 방을 나와 마당에 몸을 기대고 앉았다. 이 감정은 무엇일까. 지쳐버린 것일까. 말로는 표현할 수 없는, 아니 말로는 표현하기 싫은 감정과 생각이 머릿속을 한참 복잡하게 휘젓는다.

그렇게 얼마나 앉아 있었을까. 몸은 휴식을 원하지만 머리는 잠시의 자유도 허락하지 않았다. 그대로 다시 몸을 돌려 방으로 들어와 옥이의 소변 패드를 갈고 몸을 적당히 미지근한 수건으로 닦아 주었다.

가만히 옥이의 얼굴을 들여다보았다. 눈을 감고 있었지만 따뜻한 눈동자는 나를 보고 있었다. 눈물이 났다. 희망은 있는 것일까. 의사가 찾아올 때마다 희망을 내비쳤지만 옥이는 의문만 남기고 절망을 피워낼 뿐이었다.

경이의 믿음은 강 씨와 오랜 세월 인간관계를 맺으며 시작했다. 얼마 전 안수기도를 갔다 온 경이는 옥이를 위해 헌금이 필요하다며 엄마에게 천만 원을 내도록 했다. 옥이 병을 고치기 위한 안수기도를 하고 엄마는 절박한 심정으로 헌금을 냈다.

옥이가 안수기도를 받고 나서 3개월 후 치료가 잘 되어 온몸에 퍼져있던 병 세포가 많이 줄었고 얼굴에도 화색이 조금씩 돌았다. 의사는 이제야 희망을 조금씩 내비치는 말을 했다.

"수술을 시도해도 될 정도의 상태까지 호전됐습니다. 거의 기적에 가까워요. 지금 컨디션이 좋으니 빠른 시일에 수술 날짜를 잡도록 해봅시다."

"감사합니다. 정말 감사합니다."

그때 나의 눈물은 행복이었을까. 이상하게도 약간은 탁한 행복이었다.

"조금만 더 버티자" 옥이 눈은 조금씩 웃었다, 입은 웃지 않았던 그 웃음에 가슴이 쓰렸다.

"나는 괜찮아"

옥이가 말했다. 나는 그 웃음의 의미를 헤아리지 않은 척 옥이를 향해 환하게 웃어 보였다.

수술 날이 가까워 왔다. 아주 멀게만 느껴졌던 희망이 어느 정도 눈앞에 드리우고 나와 옥이가 마주 잡은 손엔 온기가 가득했다.

　태어날 때부터 옥이 몸이 약한 것이 엄마의 걱정거리였다. 나는 학교에서 돌아오면 집안일을 돕기도 했지만 옥이를 업어 주었다. 종종 옥이를 업고 동네 밖을 돌다가 해가 떨어질 무렵 집에 돌아왔다. 엄마는 너무 멀리 나가지 말라고 당부했지만 나는 동네 한 바퀴를 모두 돌았다. 하루는 옥이를 업고 동네를 돌아오는 길이었다.
　"언니, 집에 가기 싫지?"
　옥이가 나에게 물었다.
　"그건 왜?"
　"엄마 눈치 보느라 힘들잖아."
　말없이 듣고 있는 나를 의식한 듯 한참 후에 옥이가 다시 말했다.
　"엄마 방에 귀신이 드글드글 해. 항상 지붕 위에 사람 발바닥 손바닥이 보이는데 크기가 너무나 커. 사람 몸은 보이지 않고 집안을 휘젓고 다니는데 옷만 질 질 끌면서 안 들어가는 곳이 없어. 어느 날은 수염을 배꼽까지 기르고 코가 시뻘건 영감이 대문 단속을 하고 마당 한가운데에 주저앉아 있었어. 이 영감이 나오면 낮에 들어왔던 것들이 열어달라고 대문을 두들기고 난리를 치는데 영감은 그럴 때마다 해 뜰 때까지 기다리라며 호통을 고래고래 쳤어. 호통을 칠 적마다 집이 울리고 문밖의 것들이 비명을 지르는데 엄마는 아무것도 모르고 바람이 심하게 분다면서 그냥 잠자리에 들었어."

옥이가 헛소리를 한다고 생각했다. 옥이는 원래 몸이 약해 밥을 먹다가 체하기도 잘했고 열이 나서 드러눕기도 잘했다. 지금 생각하면 옥이가 남들보다 그렇게 일찍 가려고 그랬던 건지 아니면 원래 그렇게 갈 운명이기에 그랬는지 알 수 없었다.

아버지는 내게 좋은 대학에 가도록 공부를 열심히 하라고 말씀하셨었다. 고등학교를 가지 못했거나 고등학교를 졸업하면 일을 해야 하는 친구들이 더 많다는 걸 알면서도 아버지의 말씀은 참으로 따뜻했다. 그런데 내 나이 열두 살에 아버지는 돌아가시고 우리 집은 이사 가야 할 형편에 놓였다. 그러나 갈 곳을 찾지 못해 발을 동동 굴렀었다.

아버지가 돌아가시고 나서 새로 이사 온 집에서 엄마는 괴이한 꿈을 꾸었다. 괴물 같은 사람이 안채로 성큼성큼 들어와서 말했다.

"빨리 보따리 싸거라. 일 년 안에 이사 가야 한다. 멀리 가되 산을 꼭 넘어가야만 한다. 그래야 거지들이 따라 오지 못 해."

이제 앞날에 좋은 운이 다한 것이로구나! 그런 불안감에 엄마는 집을 옮기려고 수없이 마음을 먹었다. 꿈을 꾸고 나서 처음엔 불안해서 온 집안 문을 다 닫아 놓았었고 나중에는 문을 다 열어 제쳐놓았었다는 엄마는 그 생각만 하면 모골이 송연해졌다고 말했다.

시간이 흘러 나는 고등학생이 되었고 우리 집은 아버지가 돌아가신 후 새로 이사 온 집에서 정말 꼭 6년이 지났다. 엄마는 또 꿈을 꾸었다. 괴물 같은 사람이 안채에 들어오지도 않고 귓가에 조곤조곤 속삭이더란다.

"이 집 덕 볼 생각 말아라. 장독의 장이며 곳간의 쌀들이 뱃속에 들어가 기도 전에 죄 똥으로 변할 거다."

낄낄대는 음성이 어찌나 소름 끼치는지 일어나서는 식은땀이 줄줄 흘렀다고 말했다. 그런데 옥이가 그때부터 더 아프면서 무서워했다.

"전에는 해가 지면 수염 긴 영감이 낮에 들어오던 것들을 못 들어오게 막아줬는데 그 영감이 어디로 갔는지 이젠 대문을 잠그지도 막지도 않아. 그것들이 들어와서 어찌나 시끄럽게 난리를 치는지 잠을 잘 수가 없어. 그리고 그것들이 들어올 때 웬 꺼뭇꺼뭇한 것들이 섞여 들어와서는 서까래를 물어 뜯고 갉아먹은 다음 날에는 꼭 누가 다치거나 와야 할 물건이 못 오거나 재수가 없어."

옥이가 하는 말에 엄마는 복 나간다며 짜증을 냈다. 그러면서 일상적으로 변한 지 반년, 가을로 들어서던 초입에 옥이는 감기에 걸려 눕더니 일어나질 못했다. 급성 폐렴이었다.

경이가 신뢰하는 강씨가 옥이에게 계속 안수기도를 받게 해야 병이 나을 수 있다고 집요하게 권했다. 그리고 성전 건축헌금으로 일억을 내라고 강요하며 기도의 힘을 믿으라고 더 강력하게 경이를 압박했다. 경이의 비틀어진 신념은 엄마에게 흘러 들어갔다.

"하나님께 투자하라. 그러면 너와 네 집이 복을 받고 평안할지어다."

결국, 엄마가 가진 전 재산을 끌어와 오천만 원을 강 씨에게 헌금으로 내놓았다.

엄마의 비상금을 모두 내놓고 우리 가족은 끝없는 어둠과 절망 속으로 추락했다. 그리고 나는 몰랐다. 그러나 이제는 알 것 같았다. 가만히 있으면 내 삶에도 곰팡이가 생겨날 것만 같았다. 사람의 관계에서도 곰팡이가 생겼다. 당연하게 나의 일부라 여겼던 엄마와 나 사이에 지금 다가온 것은 분명히 곰팡이였다.

엄마와 경이는 대놓고 나를 공격하고 비난하지는 않는데 그래서 더 거침없이 아픈 말을 하는 사람이었다. 결정을 내리는 상황에서 거절을 표현하면 엄마는 이렇게 말했다.

"너한테는 이 어미가 중요하지 않나 보다."

엄마가 나에게 입버릇처럼 하는 말이었다. 대안이나 문제점을 찾기보다 우선순위 세우기를 원했다. 이거 아니면 저거. 극단적인 물음으로 나를 몰아세웠다.

'내가 정말 엄마를 그렇게밖에는 생각하지 않는 걸까.' 입속의 말을 하다가 불안한 마음이 들기도 했지만 어느 날인가 나는 엄마에게 용기 내어 되물었던 적이 있다. 내가 아프길 바라냐고. 나는 매번 힘들고 괴로운데 그럼에도 강요하는 엄마는 내가 아팠으면 좋겠냐고. 그렇게 물어보았을 때쯤 어렴풋이 엄마와 나 사이가 건강하지 않은 관계라는 것을 알았다.

어느 한쪽에게 대가 없이 일방적인 모양은 없어야만 했는데 엄마와 나는 한쪽의 희생이 필요로 하는 관계였다. 자식의 희생을 당연하게 여기고 나를 아프게 해도 된다는 엄마의 사고방식이었다.

나를 낳아준 엄마라는 존재는 나에게 거부할 수 없는 대상이었는데 어느 순간부터 어긋난 말과 마음을 주고받았다. 나는 아팠고 부모와 자식이라는 이름으로 나의 아픔을 모른 척하는 엄마는 정당하지 못했다.

그럴 수도 있지. 어떻게 좋을 때만 있겠어. 모든 일은 명암이 존재하니까. 그렇게 참고 넘기다 정작 내 삶이 무너졌다. 엄마가 소중해서 나를 양보하는 인내가 눈덩이로 불어나 나를 갉아먹고 밀어냈다. 엄마에게 끝까지 좋은 사람으로 남고 싶은 것은 나의 오지랖이 아니었을까.

날이 더워지면 반 팔을 입는 것이 당연한 것 일 수 있겠지만 팔에 흉터가 있는 사람에겐 여름은 피하고 싶은 약점이었다. 별일 아니듯 입는 짧은 소매의 옷이 누군가에겐 매번 고민과 상처를 마주하는 시간이 되는 것처럼. 엄마는 내가 약해지는 순간을 자꾸 끄집어냈다. 그 순간을 피하는 건 결코 내가 나약해서가 아니었다. 나를 아프지 않게 하려는 본능적인 움직임이었다. 최선을 다해서 나를 아프지 않게 만들어야 할 것이다.

상처가 나서 피가 흐르면 우리 몸속에선 부르지도 않았던 백혈구가 득달같이 달려들어 딱지를 만든다. 염증이 생기지 않도록 꾹 참다가 한겨울 맹추위에 냉기를 보내온 내방의 벽처럼 늘 잡고 있어서 놓기 어려웠던 엄마의 손이 이제는 말을 걸어오고 있는 거 같았다.

"그동안 수고했어. 아프면 이제 놓아도 괜찮아."

끝을 낸다는 것은 참 어렵다. 유지하는 힘보다 끝내는 힘에는 더 많은 에너지가 소모되었다.

안 좋은 상황 따위는 생각지 않기로 했다. 오랜만에 긴장감 때문인지 생기 넘치는 옥이 눈을 놓치고 싶지 않았다. 옥이가 수술 방을 들어가기 전까지 눈 맞추는 것을 그만두지 못했다. 그만두지 않았다.

"잘할 수 있지? 이제 다 왔어."

옥이의 긴장감을 풀어주려고 옥이와 눈을 마주 바라보며 희망 가득한 사랑의 말을 끝없이 쏟아냈다. 갑작스레 눈빛이 변하던 옥이는 나를 향해 말을 했다.

"언니, 그동안 참 고마웠어. 가끔 내가 아파서 울 때마다 언니가 위로해주었어. 그런데 난 언니에게 화를 냈던 거 너무 미안해. 언니 힘든 거 다 내 탓이고 나 때문에 언니가 힘들게 됐어."

아픈 옥이가 오히려 나를 위로하는 말에 더는 그 자리에 있을 수가 없었다. 옥이를 수술실로 들여보내고 난 후 벤치에 나와 앉았다. 끝없이 속으로 되뇌었다. 살려 달라고. 새로운 희망 따위 바라지 않는다고. 절망 뒤에 희망이라면 그것들이 전혀 반갑지 않다고. 차라리 삶을 끊어 새로운 것으로 덮지 않겠다고.

옥이가 하늘나라로 갔다. 하룻밤 고독한 곳에 해가 떠올랐다. 하루는 해가 뜬 후 시작이 아니다. 하루의 시작은 절대적으로 열두 시를 넘어가는 것이다. 해는 새벽이 지난 후에 뜨는 것이다. 나의 시작은 열두 시부터였다. 반드시 그래야만 했었다.

죽기 전까지 의식을 못 차린 옥이는 유언조차 남기지 못했다. 엄마는 꿈자리가 사납더니 이렇게 옥이를 데려갔다고 경이를 붙잡고 내내 우셨다.

엄마는 꿈에서 검붉은 저고리에 머리를 다 풀어헤친 여자 둘이 방에 누운 옥이의 발목을 한쪽씩 잡고 질질 끌고 대문 밖으로 나가면서 깔깔

웃었다며 오열했다. 옥이의 초상을 치르며 엄마는 딸 잡아먹었으니 당장 이 집에서 이사 나가고 싶어했다.

한 달 동안 내내 아무것도 못 하고 누워 천장만 바라봤다. 내 몸은 슬픔으로 아팠다. 모든 것을 잘 해내려 했는데 왜 이렇게 아프기만 할까. 세상은 나 없이도 멀쩡히 잘 굴러가는데…. 내가 없으면 집안이 제대로 굴러가지 않을 것 같다는 생각은, 옥이가 죽고 나서 달라졌다. 그리고 정말로 소중한 것이 무엇인지 돌아보게 되었다.

존재를 인정하고 받아들이는 것이 왜 그렇게 어려울까. 어차피 안 고쳐질 사람인데 계속 엄마의 얼굴을 보고 살아야 한다면 그냥 놓아버리자.

아픈 동생 옥이가 짧은 생을 마감하고 하늘나라로 떠나고서 딱 한 가지 생각만 남았다.

"버텨야 해."

옥이 몫의 삶을 살아 내야 한다고. 그것이 내가 살아가는 이유가 되어야 한다고. 죽을 것 같이 힘든 상황을 견디려고 대학에 진학했다. 이제 내 인생에 버텨내야 할 날들이 다시는 오지 않기를 바라면서.

하지만 버텨야 하는 날들은 계속 찾아왔다. 버틴다는 것은 아무것도 하지 않고 그저 시간이 지나가기만을 기다리는 것이 아니었다. 분노와 모멸감을 다스려야 하고 바닥을 알 수 없는 슬픔과 비애를 이겨내고 희망을 잃지 않아야 하는 힘든 과정이었다. 버티는 시간 동안 지쳤지만 어떻게든 앞으로 나아가게 되리라고 믿으면서 살아남는 법을 익히는 것이었다.

경이의 안수기도 헌금이 사기를 당하고 이후 강 씨에게 연락했는데 급한 일이 있어서 미국에 갔다고 말했다.

"경아, 걱정하지 마. 기도하렴. 나도 하와이 목사님 집에서 기도하는 중이야."

"우리 집은 지옥으로 추락할 거예요."

"하나님께 드린 돈이니까 기다려. 만 배의 복으로 돌아갈 거야. 지금까지 날 믿고 잘 따라왔잖아."

"왜 그렇게 어려우세요?"

"하나님이 투자하라고 하셨어. 믿는 사람은 기도할 뿐이야."

경이는 피해 사실을 인지했다. 그러나 경이의 비틀어진 신념은 이상하게 흘러갔다. 엄마와 나 사이의 알 수 없는 거리감을 만들었다.

나를 온갖 악령들을 품고 있는 사탄으로 내몰았다. 악령이 내 몸을 잠식하고 불행을 불러온다고 경이는 계속해서 헛다리만 짚었다. 내가 불러오는 악령을 쫓는 추격 극을 벌이듯 나를 업신여겼다. 지독히도 전투적인 투쟁은 고립과 이질감을 불러왔다. 경이는 자신의 일생을 다 바쳐서라도 믿음과 불신 사이에서 싸우는 투사가 되려고 했다.

경이의 신앙은 인간과 알 수 없는 존재까지 악령이 있다는 무자비한 비판을 기본으로 하고 그것을 불신하는 나와 경이의 마음 간 거리는 끝없이 벌어졌다.

신의 존재에 대한 나의 회의적인 태도는 처량하고 쓸쓸하게 다가왔다. 신에 대한 확신과 믿음이 사라졌다. 옥이 죽음을 보며 한순간에 부서져

불확실함과 불신에게 내어줄 자리만 차지했다.

경이는 대체 무엇을 믿는 걸까? 과연 신은 존재하는 것일까. 결국, 보이지 않는 신을 향한 욕망은 마비가 되어 무엇이 옳고 그름을 판단하지 못하는 지경에 이르렀다. 더구나 잘못된 신앙은 자신이 원하지 않은 불행의 삶을 살고 있다고 믿었다.

경이의 신앙은 공포스럽고 무거운 느낌뿐 아니라 슬픔 내지는 무기력하게 만드는 우울한 느낌 역시 진하게 내 마음속에 자리 잡았다. 경이가 나를 바라보는 감정의 뒤섞임을 나는 이해하지도 받아들이지도 못했다.

경이는 모든 불행의 원인을 나에게 돌리고 강씨가 사라진 후 이제 그 어디에도 설 곳이 없다는 비통한 최후를 받아들이지 않았다. 옥이 죽음은 믿지 않음이 일으킨 배반이 불가피한 희생이라고 생각했다.

신이 존재한다고 믿는 경이는 실천능력을 상실한 가련한 짐승으로 변했다. 신을 향한 믿음이 만들어낸 환상에 노예가 되었다. 나는 경이의 신앙을 보면서 믿음은 배반당하게 되어있다는 것을 깨달았다. 어떤 때는 차라리 믿지 않는 것이 속 편할 일이었다.

그 무렵 경이가 늦은 홍역을 앓게 되자 경이 마저 잃을 수 없다는 일념이 엄마의 마음을 바꿔 놓았다. 엄마의 의식은 하나로 집중된 상태를 보였고 모든 것을 잊으려고 바쁘게 몸을 움직였다. 청소부로 나가서 일하면서 손가락과 무릎 관절이 안 좋다고 하면 내 마음이 아프다 못해 쓰렸었다.

어느 날 엄마는 어설픈 청소일에 손을 심하게 다쳐 철철 흐르는 피를 붕대로 감고 병원에 안 가겠다고 버티었고 나는 가난 때문에 이불을 뒤집어쓰고 서럽게 울었었다. 그리고 앞으로 절대로 가난하게 살지 않을 테야 하고 다짐했었다.

우리는 갈 곳이 없었던 옛날, 지금 사는 이 집을 구하기 전처럼 살게 되었다. 몇 년이 흘러 내 나이 서른이 넘어서야 그냥저냥 먹고사는 정도였지만 옥이가 죽고 나서 내내 마음의 병이 들었다.

부적을 쓰고 굿을 해야 한다는 둥 터만큼 기가 센 사람이 거주해야 한다는 점쟁이의 말을 뿌리치고 엄마는 경이의 손을 꼭 붙잡았다.

지금껏 나는 엄마로부터 조종당하고 있다는 느낌을 떨칠 수 없었다. 내두 발과 다리는 마치 안테나 같았다. 강력한 전파의 근원과 나를 연결시켜 주는 매개체라고나 할까. 그러고 보니 나는 왜 엄마로부터 탈출해 본적이 없었던 것인가.

왜 고정되어 있었던 거지? 엄마에게 맞닿아 있어야만 한다는 철칙으로 무거운 중력이 되어 짓눌렀고 나의 날개를 잘랐다. 엄마는 나의 수많은 노력을 무가치함으로 끊임없이 되새겨주었을 뿐 차라리 잘려나간 것이었으면 하고 느낄 정도로 무시하고 헐뜯었다.

내 몸은 엄마 손에 조절 당할 뿐 육신의 주도권은 나에게 없었다. 바닥에 온몸을 흡착시킨 채 기어가는 저 지렁이와 이 순간만큼은 나와 가장 가까운 존재였다.

인형극을 생각했다. 엄마의 꼭두각시인 내가 실을 끊고 달아나리라고 차마 예상하지 못했으리라. 걷는 것조차 스스로 해내지 못하고 불모의 하늘을 힘겹게 날아오르려고 할 것이라고는 생각하지 않았으리라.

엄마가 쥐고 있는 작은 인형인 나는 전체 중 부분일 뿐이고 아무 의미도 없는 사라지더라도 잠시의 귀찮음을 수반해서 대체품을 찾으면 되는 그만큼의 존재였다. 꼭두각시는 엄마가 떼어내지 않으면 실에서 떨어져 나가지 않을 것이라고 믿고 있겠지. 엄마의 팻대 세운 손가락이 인형의 유일한 동력의 원천이라고.

공기 방울 들은 내 강렬한 열망에 미동을 내어주지 않았다. 탁한 공기를 계단처럼 밟고 올라섰다가 섬뜩하게도 발작하듯 몸을 떨며 찰나에 난 다시 떨어졌다. 엄마와 경이에 의해 제어 당하고 있는 것일지도 몰랐다. 그렇지만 감정적인 지탄은 내려 두기로 마음먹었다. 반복되는 도움닫기에도 그저 내게 주어진 만큼만 뛰자고.

기분이 가라앉을 때나 몹시 설레 일 때마다 난 아버지를 떠올렸다.

"선아, 사람은 밝은 기운을 내는 사람과 어두운 기운을 내는 사람이 있단다. 물론 그런 것이 눈에 보이는 것이 아니고 구분할 기준이 있는 것도 아니지만 밝은 기운을 가졌는지, 아니면 어두운 기운을 가졌는지 알 수가 있단다. 밝은 기운을 지닌 사람에게는 그 사람 주위가 환해지고 어두운 기운을 지닌 사람은 주변을 어둡게 느껴지게 하는 사람이야. 누군가에게 응원을 받는 사람과 아무한테도 응원을 받지 못하는 사람의 차이와 비슷한 거지."

아버지의 말에 나는 알 수 없는 표정으로 고개를 갸우뚱거렸고 아버지는 다시 말을 이었다.

"예컨대 웃는 걸 보면 말이야. 그러니까 갑자기 큰 소리로 웃음을 터뜨리는 사람이 있잖아. 아주 이상할 정도로. 큰 소리로 웃지만 그런 사람에겐 어두운 기운이 느껴져."

계속해서 내가 고개를 갸웃거리자 아버지는 웃으며 말했다.

"두 친구가 숲에서 맹수 한 마리를 만났어. 그러자 그중 한 명은 바로 가벼운 운동화로 갈아신었지. 그때 다른 사람이 그에게 말했어. 아무리 신발을 바꿔 신어도 맹수보다 빠를 순 없어. 그러자 운동화로 갈아신은 사람이 말했지. 난 너만 뛰어넘으면 돼 라고. 사람들은 남과 비교하면서 살아남고자 하는 본능을 가졌어. 그게 인간의 모습이고 천성이야."

아버지의 말은 모스부호처럼 나를 집중시켰다.

"호랑이 같은 맹수는 아니더라도 흡사 지옥과도 같은 세상에서 살아남기 위해서는 남들보다 좋고 가벼운 신발에 충격 흡수가 잘되는 신발을 신어야 하기에 상대방의 신발이 어떤 종류이며 기능을 가지고 있는지 비교해야 하지."

아버지는 따뜻한 시선으로 나를 바라보며 말을 이었다.

"선아, 밝은 기운을 가지고 세상을 살아가렴. 그것이 너를 강하게 이끌어 줄 거야. 생각이 너그럽고 두터운 사람은 봄바람이 따뜻하게 만물을 기르는 듯하여 무엇이든지 살아나고, 마음이 모질고 각박한 사람은 차가운 눈이 만물을 얼어붙게 하듯이 무엇이든지 죽게 해. 한 가지만 기억하거라. 악에는 악으로 대하면 그 악은 다시 되돌아오게 되어있어. 악한 사람을 죽였다고 했을 때 악을 뿌리 뽑았다고 생각하겠지만 사실은 더 큰 악을 자기 마음속에 심게 되는 것이야. 견디기 힘들지만 꾹 참아야 해. 그러면 재앙은 스스로 물러가게 마련이지. 인간의 삶이란 오직 한 번뿐이야. 한 번뿐인 삶을 가슴 뿌듯하게 살아보렴."

아버지는 나에게 법이었고 믿음이었다. 여운이 남는 아버지의 그다음 말이 내 머릿속에 오래도록 각인 되었다.

"인간을 사냥할 때는 천천히 행동해야 하는 법이다!"

첫사랑

5

숙이는 일찍 연애 결혼했고 경이는 사윗감 아깝다는 엄마의 성화에 등 떠밀려 결혼했으나 얼마 지나지 않아 이혼하고 친정으로 돌아와 엄마와 함께 살았다.

결혼이 늦어진 나는 김진과 좋은 감정을 나누고 있을 때였다. '초록은 동색이다' 비슷한 처지에 놓인 사람들은 서로의 마음을 이해할 수 있을까. 백사 대전에서 백사의 동생으로 나오는 초록뱀 소청은 같이 괴물로 변해가는 능인을 사랑한다. 그러나 능인이 자신과 같은 요괴가 될 수 없다는 사실을 깨닫고 그를 떠나려고 마음먹는다.

누군가를 진심으로 사랑하면 사랑하는 사람의 행복을 위해 떠나 줄 수 있을까? 사랑이라는 것의 본질은 내 감정을 우선으로 하는 이기적인 마음이라고 생각했다.

"처음 느낀 그대 눈빛은 혼자만의 오해였던가요. 해맑은 미소로 나를 바보로 만들었소"

유재하의 '사랑하기 때문에'를 흥얼거리다 고개를 끄덕였다. 그렇지. 사랑하기 때문에 이해될 수 없는 일을 이해하려 노력하고 더 좋은 사람이 되기도 하고 아프기도 하고 행복하기도 하고 사랑하기 때문에 떠나보내기도 하지.

"사랑하기 때문에…. 너를 보내 줄게."

사랑하는데 왜 헤어지는가? 나는 원래 이런 말을 믿지 않았다. 사랑을 지키지 못하는 자들의 궤변이라 생각했는데 그땐 내가 어렸을까? 사랑하기 때문에 헤어져야만 하는, 보내 주어야 하고 보낼 수밖에 없는 이유와 상황들이 세상에 존재함을 몰랐다.

사람은 때로 누군가에게 자신의 모든 것을 털어놓기도 하고 고백하기도 한다. 그와 내가 그랬다. 적어도 우리는 서로에게 유일한 탈출구가 되었음에 분명 했다. 아주 잠깐이었지만.

저녁에 비가 오는 탓인지 습기를 머금은 도로 위를 차들이 호젓하게 지나갔다. 낮에 그리 많던 차들도 집으로 들어가고 거리는 한적했다. 아무도 없는 사거리에서 혼자 신호를 기다렸다.

집으로 가는 길 사거리에서 짙은 한숨을 내 쉬었다. 어쩔 수 없이 내 마음속에서 떨쳐낼 수 없는 무거운 책임감은 언제나 습관처럼 한숨이 되어 터져 나왔다.

'아 놓쳤다.' 잠시 머뭇거림에 빨간불이 들어왔다. 이따금 감상에라도 잠길 때면 감정 속으로 깊이 빠져드는 것이 나의 현실 도피였을까. 다음 신호를 기다리며 서 있는데 반대편에 한 남자가 검은 우산을 든 채 신호를 기다리고 있었다. 신호가 바뀌고 횡단보도를 건넜다. 우산 속 남자와 가까워지자 그는 직장 동료 김진이었다.

김진이라는 것을 확인하고 내 마음이 드디어 출발했다. 가슴이 떨리지만 이내 침착하려고 애썼다. 그는 회식이 끝나고 나서 사람들과 헤어지고 나를 기다리고 있던 참이었다.

그에게 다가가는 짧은 시간이었지만 마음을 졸이며 나의 모든 감각, 내 몸의 모든 세포 하나하나가 바짝 곤두섰다. 찰나의 순간일지라도 여러 가지 생각과 반응들로 쭈뼛거리며 이리 갈까, 저리 갈까, 감정선의 잔가지가 뻗어 나왔다.

감정선이라는 것은 멀리서 보면 직선인 거 같지만 가까이에서 보면 사실은 잔가지들이 어마하게 옆에 붙어있었다. 눈앞의 타인에게, 사랑을 머금은 인간에게 무엇을 느끼고 무엇을 말하고 싶으냐고. 나의 시야는 어디로 향해 날아가는 것이냐고 아우성쳤다.

망설임과 나아가야 함을 되뇌며 감정선의 잔가지 중 어렵게 용기 내어 결정한 감정라인 하나에 굵게 힘을 주어 결국 뻗어 나갔다.

그날도 비가 온 날이었다. 나이는 서른두 살, 이름은 김진, 취미는 혼자 영화 보기. 그에 대한 정보였다. 집에서 독립하고 서울에서 직장을 다니던 시절 김진과 나의 자취방은 불과 삼 분 거리였다.

그와 나는 같은 회사 동료로 처음 만났고 라면을 함께 먹는 사이가 되었다. 몇 달 뒤에는 회식을 마치고 둘이서 첫 데이트를 했다.

"이제 그만 일어나야죠?"

"그럴까요."

술에 취한 서로에게 점점 가까워질 땐 고개를 숙였다. 그리고 그가 내 어깨를 스쳐 지나갔을 때 고개를 들었다. 주머니에 손을 넣고 길을 걸었다. 한 발 두 발, 그때였다.

"선이 씨,"

미세하게 들렸지만 길에는 그와 나 둘밖에 없었기 때문에 난 얼른 고개를 들어 그를 올려 보았다. 그는 날 불러 세웠고 어떻게 하면 사람을 잊을 수 있냐고 내게 물어보았다. 당황했지만 차분히 그를 바라보았다.

"네?"

"죄송해요. 잠시."

사뭇 진지한 그의 얼굴에 눈동자가 빛났다.

"아니에요. 괜찮아요."

반사적인 나의 대답에 그가 다시 말했다.

"죄송합니다."

"무슨 일 있으세요? 사람을 잊을 수 있는 것은 시간뿐이죠."

"아 아니에요. 자꾸만 생각이 나서요."

잠시 침묵이 흘렀다. 그리고 내가 먼저 말문을 열었다.

"누가요?"

"글쎄요."

그는 어깨를 내리며 한숨을 쉬었고 머리카락을 뒤로 넘겼다. 그런 그를 바라보며 내가 말했다.

"이런 질문은 좀 그렇지만 누구를 좋아했나요?"

"알고 있었어요?"

그가 되물었다.

"어쩐지 위로의 말이 필요할 것 같아요."

그가 나를 바라보며 나직이 말을 꺼냈다.

"어느 시인이 말했어요. 사랑했으므로, 사랑해버렸으므로 그대를 향해 품었던 분수 같은 열정이 딱지처럼 엉켜서 상처로 기억되는 그런 사랑일지라도 낫지 않고 싶어라. 이대로 한 열흘만이라도 더 앓고 싶어라. 시인은 그 상처마저도 기꺼이 감내할 터이니 열흘이라도 인연을 놓지 말아 달라고 합니다. 대체 사랑이 무엇이길래."

무거운 침묵을 밀어내며 나는 밝게 분위기를 띄웠다.

"아, 그래서 오늘 저하고 술을 마신 거겠죠."

"맞아요, 저는 괜찮아요."

차분한 목소리로 그가 말했다.

"아, 네"

잠시 침묵이 흘렀다. 분위기를 전환 시키려고 그가 밝게 말했다.

"음악을 들으며 한숨 푹 쉬고 그러면 다음 날 전 다시 보통으로 돌아와요."

"전 그게 잘 안돼요. 절대."

내가 조심스럽게 다시 그에게 말했다.

"근데 그 사람이 누구예요? 혹시 저는 아니겠죠?"

그가 팔짱을 끼며 주춤거렸다.

"어음. 더 걸으면서 얘기할래요? 아, 집이 같은 방향이면요. 저기 보이는 초등학교 뒤에 제 자취방이에요. 불편하시면 안 그러셔도 돼요."

"아 저도 같은 방향이에요. 이거 신기한 우연인데요."

"같이 걸을까요?"

그는 쿡 하고 웃었고 우리는 아무도 없는 한산한 새벽녘 비 오는 거리를 천천히 거닐었다. 고조된 술기운과 조용한 새벽길 덕분에 어색하다는 느낌은 들지 않았던 것 같다. 실제로 연애 속에서 느끼는 서로의 이질감과 수많은 만남과 인연에 대해 우린 많은 이야기를 나눴다.

근처 놀이터 벤치에 엉덩이를 붙였다. 시계를 보니 새벽 네 시 반을 가리켰다. 정말이지 엄청난 시간과 대화였다. 불쑥 떠오르는 내 생각을 그에게 말했다.

"사람들이 저를 보고 마치 선인장처럼 온몸을 가시로 두르고 있데요. 갑각류처럼 그렇게 스스로 보호하는 거죠."

"겉은 차가워 보이지만 속은 한없이 부드럽다는 거죠. 딱딱한 껍질을 두르고 날카로운 가시로 다른 사람을 찌르겠지만 난 그 가시에 찔린 듯해요."

"아픈가요?"

"아파요. 가슴이 아프죠."

"하지만 그렇다고 포기해버리면 상대방이 나에게 맞는 사람인지 알 수 없잖아요."

"선이 씨는 나보다 용감하군요."

"용기를 가져요. 계속 실패하면 음, 실패하면 뭐 어때요? 또 실패하더라도 보란 듯이 버티면 되죠."

만약 연애에 갑과 을이 있다면 호진과 나는 을이었고 그것을 알기에 그의 말 또한 이해할 수 있었다. 침묵이 제법 오래 이어졌다. 침묵을 깨려는 듯 그가 나를 바라보았다.

"선이 씨는 눈이 유난히 맑아요. 그래서 자꾸만 바라보게 되어요."

"말이라도 고마워요. 아, 저는 서른 한 살이에요."

"저는 서른 두 살이에요." "제가 동생이었네요."

"그러게 선이 씨."

라고 말한 뒤 그가 긴 팔을 뻗어 내 어깨를 툭툭 치면서 피식 웃었다. 제법 편안함을 느낀 나는 그에게 친근하게 말했다.

"편하게 말 하셔도 돼요."

"아니에요."

"금방 적응될 거예요. 근데 김진 씨 술 다 깼죠?"

"저는 완전 맨정신으로 돌아왔습니다."

"저도요."

"이제 일어날까요? 이러다 닭 울음소리 듣겠어요."

"그래요. 얼른 가요. 저 때문에 괜히 늦으셨네요."

"아니에요. 괜찮아요."

"전 이쪽으로 가면 되는데."

"저도 그쪽이에요. 같이 가요."

"다행이네요. 아무튼, 오늘 정말 고맙습니다. 마음속에 있는 감정을 털어놓고 나니까 한결 낫네요."

"저야말로 한결 낫네요. 조심히 들어가세요."

"안녕히 가세요."

"네"

우리는 손을 흔들고 헤어졌다. 다섯 시간 남짓이었지만 누군가와 이렇게 열정적으로 대화해 본 적은 처음이었다.

'저기, 제가 당신을 좋아해도 될까요?' 마음속에서 불쑥 올라오는 말이 있었다. '젊을 땐 사랑의 기회가 얼마든지 올 것 같지만 그런 기회는 생각보다 많지 않아. 올 때 꽉 붙잡아야 돼!'

사랑이 되는 순간이었을까. 이 감정을 사랑으로 확신하는 순간은 가장 뜨겁게 타오르고 아쉽게도 그 아름다운 풍경은 아주 잠깐 눈에 머물고는 갈대 속으로 사라졌다.

아침이 밝아오자 내리는 빗소리가 화음처럼 들렸다. 집으로 돌아와서 여느 때와는 달리 이른 아침의 비는 빗방울 하나하나마다 터져 나오는 소리가 내 마음을 두드리고 그 울림의 파장 속에 오직 빗소리만이 세상을 지배하고 있다는 착각을 했을까.

후드드득 후드드득. 창문 앞 울창한 나뭇잎 하나하나마다 떨어지는 빗방울의 소리는 내 마음과 정신, 모든 것을 울컥하게 만드는 감동적이면서 너무나 아름답고 또한 아름다웠다.

빗소리와 함께 바람이 많이 불 때는 나뭇잎들이 촤르르 촤르르 멀리 있는 나뭇잎까지 파도를 타며 비바람의 흐름을 일정한 리듬으로 소리를 냈다.

평소에 난 비가 온다 싶으면 잠들기 전 일부러 방의 창문을 약간 열어놓았다. 그리고 스스르 잠이 들기를 양이나 별을 세며 기다리다 보면 어느새 잠이 들었다.

비가 오는 새벽에 잠에서 깨어나면 마치 내가 깨기만을 기다렸다고 말해주듯 들려오는 그 빗소리를 들으며 나에게도 사랑하기 때문에 보내 주어야 하는 애달픈 애인 같은 시간이 있었나 하는 데일 듯 뜨거웠던 한 해였다.

오후에 그친다는 비는 깊은 밤 내내 긴 설거지를 멈추지 않는다. 그날처럼 밤비가 내리면 새벽은 저만치서 손짓하고 젖은 길을 따라 하염없이 걷다 보면 빗속에 희미하게 투영되는 얼굴 하나. 그가 미소 머금은 얼굴로 나를 바라보고 있는 듯하다.

가끔은 하늘이 맑아 별이 많은 날에는 멀리 있어 작은 점으로 보이는 별 하나하나에 반짝이는 추억 하나씩, 셀 수 없이 의미 없는 것들을 헤아리고 또 헤아리다가 생각 속에서 그를 밀치던 내가 거센 바람을 맞으며 어두운 밤, 끝 모르게 걷고 또 걸었다.

한참을 걸어 되돌릴 수 없이 멀리 와 버린 걸까. 주저앉아 잠들 수 없는 어두운 밤 이 시간, 내게도 한 번쯤 가장 뜨거웠던 순간이 있었을까.

등대지기가 되어 고독을 선택한 한 노인의 말은 인간의 가장 큰 행복은 '방랑하지 않는 것'이라고. 나는 어쩌다 고독에 세 들어 살고 있을까. 별은 외로움이라는 낱말을 모스부호처럼 내 가슴에 새겨 넣어주었다.

돌아보면 허무한 시간, 허허로운 바람을 타고 김 진과 나눈 말들이 거짓말처럼 새록새록 떠올라 가슴을 적셨다. 그와 대화를 나누었던 그 순간에도 내 머릿속에는 엄마와 동생들 걱정이 가득하고 아무도 모르게 깊은 한숨을 내 쉬었다.

"스쳐 지나가는 인연을 운명으로 만드는 것이 사랑이라고 하지요. 만약에 운명이 기적이라면 인연은 운과 타이밍이에요. 이 세상 수많은 사람 중에서 유독 그 사람과 만난다는 것은 정말 대단한 일이에요."

"운명은 인간의 몫이 아닌 듯해요. 한 치 앞도 알 수 없는 우리네 인생이잖아요."

그의 말에 담담하게 내 생각을 말했다.

"일상을 보내다 보면 많은 만남의 순간이 있잖아요? 잘 구분해서 만난다고 해도 타이밍과 운이 맞지 않으면 무용지물이죠. 어느 한 명이 진심이라도 말이에요. 정말 인연은 자석 같은 거예요. 시간이 지나 서로의 사이에 수많은 장애물이 있어도 결국 만나는 사람은 만나거든요. 어떻게 보면 어렵죠?"

"어차피 마음이 하는 일이잖아요."

내 말에 잠시 시간 간격을 두고 그가 다시 말을 이었다.

"우리가 지내는 한순간, 순간 때문에 인생은 바뀌는 거예요. 오늘 우리가 이 새벽에 이런 이야기를 나누는 지금 이 순간에도 우리의 인연은 바뀌고 있을 테니까요."

난 고개만 끄덕였다.

"그러고 보면 만남이라는 게 참 어려워요. 기나긴 추억을 묻고 다시 새로운 것들을 만드는 것도. 나는 마음의 준비가 되어있지만 그렇지 못한 사람을 만나는 것도. 내가 누군가 받아들이지 못하는 상황에 사랑받는 것도 서로 마음이 맞아 만나는 것 차제가 어떻게 보면 인연이자 운명일 수 있어요. 정말 어렵죠?"

그는 부드러운 눈길로 지그시 나를 바라보며 말했다.

"문득 별 구름을 보다 보면 예쁘다는 생각을 하는데 전 그때마다 선이씨 얼굴이 떠올라요. 아, 좋은 밤바람이 불어도요."

"무척 감성적이네요."

그가 눈을 감았다가 뜨면서 나직이 말문을 열었다.

"정답이 없는 건 알고 있어요. 전 아직 아무것도 모르겠어요. 선이씨 생각이 궁금하기도 하고 어쨌든 인연은 바람처럼 불어오지만, 돌처럼 무거운 것이라 들지 못하면 받아들일 수 없는 존재라고 하더군요. 적어도 저한텐 어려웠던 것 같습니다."

아무런 말을 하지 않고 막연한 황홀함에 취해 진실의 순간 그의 말을 가슴에 붙들어 놓지 못했다.

위에서 아래로 떨어지는 바람이 간질이듯 서로의 귀를 건드리고 닿는 곳 생각 안 한 채 걷다가 막다른 길 앞에서 발걸음을 멈춰 세웠다. 멈춰 선 그곳, 끝이 보이지 않는 물줄기와 마주친 내 두 눈동자엔 마르지 않는 우물이 보이는 듯했다.

신은 나에게서 망각을 가져가고 그대로 눈이 멀어버리자 또 그대로 모든 것이 다시 보이기 시작했다. 나에게 시련과 고통을 겪도록 허락한 운명의 주관자는 과연 누구였을까.

결혼 중매가 느닷없이 날벼락이 되어 날아들었던 그때 내 나이 서른셋. 사람들은 나에게 노처녀라는 호칭을 붙여주었다. 그 당시 엄마의 계모임 계원이었던 먼 친척 오빠가 중매 다리를 놓으려고 유난히 서두르는 느낌으로 재촉을 강요했다.

"너 그러다 평생 혼자 늙어 죽는다. 이번에는 꼭 결혼해야 해."

집안 오빠는 나중에 알고 보니 김성곤과 이덕순의 지인이었다.

"곗돈 사기 치고 눈 하나 깜짝 안 하고 대드는 것이 나를 돈 떼먹는 년이라고 몰아세워서 망신살이 뻗쳤었구먼. 인정이라고는 눈꼽 만큼도 없는 년이야."

이덕순은 곗돈을 떼먹으려다 실패하고 나에게 앙심을 품었었다.

"자네 이번에 중매 성사시켜 주면 서운하지 않게 챙겨 줄 테니 힘 좀 써보겠나?"

"얼마나 줄 건데?"

"선이 년이 보통 년이 아니잖아. 도도하기가 이를 데가 없고 기고만장이 하늘을 찌르는데 광식이한테 시집보내주면 오백만 원은 챙겨줄 테니."

"못할 것도 없어. 돈부터 미리 주면 하고 그렇지 않으면 처음부터 시작
도 하지 말아야지 속이 시끄러워 져."

김성곤에게 매수당한 친척 오빠의 집요함과 끈질긴 간섭은 시작되었고
마음에 없는 중매를 강요받은 나는 광식과 맞선을 봤다.

악연

6

결혼식 한나절을 위해 그동안 치러야 했던 오만가지 수고를 어찌 일일이 열거할 수 있을까. 창밖에서 들려오는 빗소리가 앞으로 내 앞날을 말해 주는 것 인양 이따금 들려오는 바람 소리가 예사롭지 않고 아우성치듯 울어댔다.

결혼식을 마치고 신혼여행지에 온 신랑 광식은 피곤한 얼굴을 하고 신부인 내게 눈길 한 번 제대로 주지 않고 비스듬히 누워서 손가락 하나 까딱하지 않았다. 밤은 자정을 넘어가고 광식은 그냥 잠들고 싶었을까. 나와 무슨 말을 나눌 생각은 없어 보였다. 그를 보며 수군거리는 사람들의 말이 귓가에 맴돌았다.

"신랑 눈길이 곧질 않아. 삐뚜름한 입술에 깊게 파인 여드름 흉터인지 모르지만 섬뜩하게 보여."

동네 사람들 말소리가 귓바퀴에 윙윙거리며 울림으로 휘젓는다. 미처 발견하지 못했던 광식의 피부 디테일이 새삼 내 눈에도 보였다. 그에 대한 두려움은 덮어버리려고 애를 썼으나 덮어지지 않았다. 그의 눈을 설핏 바라보았지만 아무 생각 없는 무심한 눈빛이었다.

나를 배려하는 마음이 눈곱만큼이라도 있다면 다정하게 다가왔을 일이다. 그렇지만 원망하는 마음을 떨쳐내려고 애썼다. 결혼식 날짜를 잡던 날부터 시간이 날 때마다 엄마는 당부의 말을 아끼지 않았다.

"형편이 어려울 때 시집가느라 변변한 혼수를 준비 못 해 서운해도 어쩔 수 없는 일 아니냐! 시집간 여자 목소리가 크면 못 쓴다. 싫어도 때로는 참을 줄도 알아야지. 세상을 원망하기 시작하면 그때부터 사는 일이 원망과 탄식으로 가득 찰 뿐이야."

머릿속으로 수많은 말과 생각들이 떠올랐다. 그동안 나는 누구를 위한 삶을 살았나. 온갖 생각이 꼬리에 꼬리를 물고 이어졌다.

온종일 같이 수고한 신부를 곁에 두고 코를 골며 저 혼자 편안하게 잠들 수 있는 사람, 저 사람이 평생을 마주 보아야 할 내 남편이었다. 여자 마음 하나 소중하게 보듬어주지 못하는 사람. 서글픔과 의구심이 일었다. 저 남자의 속내는 무엇일까. 순간 내 가슴 한편에 괴물이 들어와 가슴을 물어뜯는 듯 아팠다.

잘못된 이기심이 가득하고 단지 남자라는 이유 하나만으로 우위를 점령하려고 하는 이기적인 모습이었을까. 낯선 거리감을 가지고 무심한 듯 허술한 마음으로 신혼 첫날밤을 맞이했다.

무심코 바라본 거울에 비친 내 얼굴은 붉은 조명등 아래 고요하면서 정갈했다. 어느새 내 어깨 위에 실려 있던 긴장이 스르르 풀어지고 몸도 마음도 가물가물하며 깜빡 잠이 든 찰나였다.

바람이 세차게 불고 천둥을 동반한 소나기가 퍼붓듯이 내리는 절벽 끄트머리에서 휘청거리며 서 있는 나는 눈물을 찍어내느라 바쁘다. 폭풍이 몰아치는 세찬 바람에 하얀 손수건이 거세게 나부끼듯 팔락이더니 붉은 피가 시나브로 스며들어 검붉은 핏방울이 흥건하게 적셔졌다. 소스라치게 놀란 나는 뒷걸음질 치다 하마터면 절벽 아래로 떨어질 뻔했다.

입술을 지그시 깨물면서 눈을 뜬 순간 광식도 설핏 든 선잠을 털어내며 눈을 떴다. 나와 눈이 마주친 그가 혼자 말을 내뱉는다.

"처음부터 잘해주면 바라는 것이 많아져서 귀찮을 뿐이야."

그의 미세한 움직임에 촉각을 곤두세우며 의문이 들었다.

"여자가 연한 홍시 같아야 하는데 말 한마디 붙이기 까다로워서 원 쩝."

결혼식장에서 밝혔던 촛불은 나란히 서서 자신의 심지를 태우며 밝게 빛을 발하는데 저 사람과 나도 촛불처럼 생을 마감하는 순간까지 스스로 태워 서로에게 빛을 밝혀 줄 것인가. 그 아름다운 풍경이 내가 될 수 있을까.

내가 몸을 움직여 일어나려고 하는데 광식이 끙하며 돌아눕다가 졸음 묻은 눈으로 나를 올려다보았다. 그러고는 벌떡 일어나 앉았다.

"물!"

하고 그가 외쳤다. 물을 컵에 따라서 두 손으로 그에게 건네주니 물을 마신 그가 벽에 붙어있는 스위치를 눌러 불을 껐다. 방안은 순식간에 완전무결한 어둠이 내렸고 마주 앉은 사람 얼굴조차 보이지 않았다.

갑자기 어두워진 방안에서 광식이 나에게 달려들어 바짝 다가오더니 내 옷의 단추를 풀고 치마허리에 손을 돌려 이음새를 용케 찾아냈다. 벗겨낸 내 옷을 아무렇게나 집어던지고 그는 치마 속으로 손을 디밀어 더듬거렸다. 그의 손이 내 허벅지 사이로 파고들자 나도 모르게 터져 나오려는 비명을 입안으로 삼켰다. 저항 없는 내 몸속으로 광식의 찰진 몸이 빨려 들어가는 데는 몇 초도 안 걸렸다.

이슬 밭의 풀잎처럼 짓이겨지는 듯한 얼얼함. 광식의 기습이 칼침을 맞은 듯 섬뜩했다. 이것이 남녀의 하나 됨의 절차인가. 이런 밤이 평생 계속된다면 나는 어떻게 감당할 수 있을까.

첫날밤의 로맨틱함은 없었다. 대신 비 맞은 참새처럼 파르르 떨던 첫밤의 기억이 가슴에 멍 자국으로 박혔다. 앞으로 살아갈 이야기 한마디는 말할 것도 없거니와 오늘 수고했다는 한두 마디는 오고 가야 하지 않았는가. 무엇인가 허전하고 불길한 기운이 느껴져 내 신경을 날카롭게 붙잡았다.

짓뭉개지는 기분으로 막연하고 두려운 서글픔이 안개비처럼 가슴을 적셨다. 그래도 빠져나갈 구멍은 있겠지. 시시콜콜 따지고 들자면 한도 끝도 없는 문제들이 갈피마다 숨어 있었다.

광식은 후딱 일을 해치웠다. 그러고는 제 할 도리를 다했다는 듯 다시금 팔다리를 활짝 펴고 눈을 감았다. 그렇지만 그의 눈동자는 활기를 띠고 또렷하게 움직였고 코를 골며 짐짓 자는 척하며 나의 기적에 신경 줄을 걸어 놓았다.

내가 어떻게 하는지 두고 보리라는 심사였을까. 첫날밤 무심한 척, 코를 골며 잠에 곯아떨어진 척 연기를 하고 내가 어떻게 대처하는지 두고 보고픈 마음으로 일부러 그랬는지도 모른다.

결혼이 여자에게 굴레가 될지언정 남자인 자신을 옭아매는 일은 없다고 입속의 말을 흘렸다.

"잘난 여자가 나를 얼마나 눈 아래로 볼지 벌써 마음이 무거워. 하루하루 맘 편하고 잘 먹고 잘사는 것이 내가 진심으로 바라는 내 인생이야."

그는 머리에서 떠오르는 생각의 말을 입안에서 굴리다가 어느새 깊은 잠 속으로 빠져들었다.

오막살이 창고 같은 낡은 집에 굵은 빗줄기가 거칠게 쏟아졌다. 신혼여행지에서 돌아와 시집에 처음으로 발을 들이는 순간 두려움이 밀려와 어떤 속박의 징후처럼 가슴을 옥죄더니 나도 모르게 한숨으로 터져 나왔다.

"어제까지 화창하던 날씨가 갑자기 웬 빗줄기냐. 니가 오니까 가스 불도 안 켜진다."

노화된 가스레인지가 습기를 머금어 불이 안 켜지자 애꿎은 나에게 짜증을 내며 높은 소프라노 톤 목소리로 시어머니가 처음 하는 말이었다.

"어디서 잘난 년이 며느리라고 들어왔구먼, 쯧쯧."

집은 노후 하고 살림살이는 낡아서 볼품없고 허술했다. 1930년생인 시어머니는 1남 3녀를 낳고 서른이 되기 전에 청상과부가 되었다.

광식을 사이에 두고 고부의 악연으로 만나서 문제는 홀시어머니 성정이 호랑이 같았고 극악하기 그지없다는 것이다. 며느리에게 아들을 빼앗긴 듯 심술을 부리는 그녀의 시집살이가 고초 당초 보다 더 매웠다. 게다가 없는 말도 지어내는 세 명의 시누이들 때문에 마음고생이 이만저만이 아니었다.

한참을 일하고 힘들어서 어쩌다 잠시 쉴라치면 어디서 보고 있는지 대낮에 젊은 것이 구들장을 진다고 불호령이 떨어졌다. 밥 먹는 속도가 느려 자기들 숟가락 놓을 때까지 밥을 미처 먹지 못하면 저녁 밥상 설거지를 끝낼 때까지 화를 받아냈다.

며느리인 나를 들이긴 했는데 시어머니의 이해하지 못할 서슬 퍼런 분노는 시퍼렇게 날이 세어 갔다. 시어머니 눈치를 봐야 하니 주눅이 든 나는 한국 사회에서 여자가 결혼하는 것은 미친 짓이라는 생각이 짙어졌다. 애지중지 키운 외아들을 둔 시어머니와 배려심 없는 남자를 두고 아슬아슬한 줄타기 기 싸움의 시작이었다.

가슴 저 밑에서부터 끓어오르는 울분으로 말을 잇지 못할 때가 많았다. 아직도 퍼 올려지지 않은 한과 서러움이 남아 있나 싶게 시집살이 살풀이를 말로 다 할 수가 없다. 어쩌다 운명으로 만난 관계의 사람들이니 대화로 서로를 이해할 수 있으면 좋으련만 시간이 지날수록 답답함만 쌓였다. 무슨 운명의 인연이었는지 이런 질곡을 겪는가 서럽고 서러운 감정의 골이 깊어졌다.

머리숱이 없어서 머리카락이 엉성하고 깔끔해 보이지 않는 시어머니는 그리 크지 않은 눈을 억지로 크게 뜨려고 희번덕거리는 눈을 가졌다. 타고난 성품은 어땠는지 몰라도 그악스럽게 굴어야 했을 것이다. 홀몸으로 자식들을 지키려면….

하나밖에 없는 아들 광식은 어렸을 때 동네 친구에게 머리를 돌에 맞아 충격으로 간질을 앓았고 사람들이 모두 죽는다고 입을 모았었다. 죽음의 문턱에선 아들을 살리기 위해 시어머니는 동분서주했고 마지막 선택으로 금기하는 양귀비를 극약 처방했다. 기적같이 살아난 광식의 이야기를 최 보살에게 나중에 전해 들었다.

여장부 같은 시어머니의 성격이 시원시원하면 좋으련만 투박하고 강하기만 할 뿐 치졸하기까지 했다. 어쩌면 며느리인 내가 탐탁하지 않았고 그저 합법적으로 맞이한 부려먹어도 되는 일꾼이자 화풀이 상대였을 것이다. 게다가 내가 키 160 센티미터도 안 되는 작은 키에 몸이 연약해 보여서 늘 답답해했다.

소문에 의하면 용하다는 점쟁이를 자주 집에 들이고 집안의 대소사를 점을 쳐 결정한다는 시어머니 이야기를 들었다. 시집에 처음 발을 들이는 순간 가는 빗줄기가 굵은 장대비로 변해 내리는 것을 어떻게 풀이할지 불안이 짙게 드리워졌다.

"그까이꺼!"

이 말을 습관적으로 하는 시어머니의 십팔 번이다. 하고 싶은 말이 있을 때마다 일단 이 말부터 꺼낸다. 비가 주룩주룩 내리는 날 시댁에서 첫밥을 짓고 소고기국에 부침개를 만들어 그럭저럭 음식 만들기가 끝나고

저녁상을 차릴 때였다

"그까짓 거 뭣 하러 만들어."

"어머니, 무슨 말씀이세요."

눈을 희번덕 치켜뜨면서 중얼거리는 시어머니에게 반감이 생긴 나는 정색을 하며 외쳤다. 속으로 좋으면서 반대로 말하며 소고기국 한 그릇을 단숨에 비우고 국물 한 방울 남기지 않을 거면서.

처음 얼마 동안은 미운털 박힌 며느리 딱지 좀 떼어내려고 공을 들일 생각이었지만 가정부 취급하고 거칠게 대하는 시어머니에게 자연스럽게 마음이 멀어졌다. 은근슬쩍 적당한 빌미가 생길 때쯤 떨어져 나가서 살아야겠다고 마음먹었다.

"대체 며느리라고 덕 본 일 뭣이 있어?"

열흘 굶은 모습으로 심통 난 얼굴을 하고 시어머니가 말했다.

"어머니, 불고기 좀 해드릴까요?"

"그까짓 것 뭐 하려 해."

막상 음식이 앞에 차려지면 완전 다른 사람으로 둔갑했다. 그까짓 것이라는 말은 온데간데없이 사라지고 식성이 좋아서인지 음식을 탐닉하듯 그릇을 싹싹 비웠다. 가정부 부리듯 한 행동에 적응하지 못하고 혼란스러운 나는 마음에도 없는 거짓말은 내뱉지 않았다. 처음부터 그럴 자신은 더더구나 없었다.

완고하고 고집불통인 시어머니는 젊고 기운이 팔팔했던 시절에는 독불장군 여전사처럼 날뛰었다는 것이 광식의 말이었다. 이제는 노쇠하여 행동은 느려졌지만 정신은 펄펄 살아있어 보였다.

"우리 아들 밥은 묵었지?" "엄마는 내가 애야?"

아들이 하는 말은 부처님 말보다 강한 힘을 발휘했다. 애착을 넘어 집착하는 아들에게 절대 수긍하지만 나에게는 '내 비록 허리가 굽었지만 너에게는 굽히지 않겠다'라는 단호한 모습이었다. 시어머니에게 내 말은 허공에 뜬구름처럼 허무하게 사라졌다.

시집온 지 일주일째였다. 다른 날과 다름없이 아침 6시에 일어나 며느리 노릇을 하느라 밥을 짓고 미역국에 전을 부치느라 달그락거렸다. 그럭저럭 음식 만들기가 끝나고 상을 차릴 때 시어머니는 당장 걱정스러운 표정을 짓는다.

"뭣이 요렇게 요란하냐."

상을 차리는 수고에 반감을 주면서 내가 하는 모든 일이 불편한 심기를 돋는 것처럼 주눅 들게 했다. 그리고 어수선한 자기 집을 그대로 보존하고 싶어했다. 뭐든지 수북이 쌓아두고 여기저기 흐트러지게 놓는 시어머니에게 적응하지 못했다.

뭐든 쉽게 통하지 않고 센 고집의 돌직구는 천하의 나쁜 며느리로 둔갑시켰다. 그런 시어머니에게 내 희망 사항을 무조건 들이댈 수도 없었다. 그래도 일단은 참아야 하겠기에 치밀어 오르는 화를 눌렀다.

비가 주룩주룩 내리는 서늘한 날에 무에 대파를 넣은 소고깃국을 끓였다.

"하지 마! 그까짓 것. 나 안 먹어!"

뭔가 또 심사가 뒤틀린 것인가? 시어머니는 심기 불편한 얼굴로 시큰 둥한 목소리였다. 편식이 심한 심술쟁이같이 투정을 부렸다. 이럴 땐 '모른 척이 최고'라고 속으로 생각했다.

"내가 쇠괴기에 환장한 사람이더냐."

"어머니, 고기 좀 드셔야 해요. 네? 머리숱이 다 빠지고 휑해서 바람든 무 같잖아요. 그게 단백질 부족이라 머리가 자꾸 빠지는 거예요."

내가 대꾸하자 시어머니는 퍼뜩 한쪽 손을 자기 머리에 갖다 댔다. 그리고 소프라노 톤으로 소리를 빽 질렀다.

"그까짓 것 머리숱이 밥 멕여 주냐."

내가 눈엣가시처럼 보였을까. 오늘따라 배가 고프지 않다고 음식을 완강히 거부했다. 그 말이 그냥 하는 소리라는 것을 알고 있었다. 밥상을 차려놓으면 곧바로 차려놓은 음식이 없어질 것이었다.

말 몇 마디로 옥신각신 투덜투덜하면서 고부간의 기 싸움이 계속 이어졌다. 하루하루가 전쟁이고 지옥이었다. 서로 얼굴을 부딪치는 한 계속될 것처럼. 심심하고 지루할 틈이 없이 다음 날에는 어떤 기 싸움을 시작할 것인지 늘 긴장했다. 계속되는 긴장과 스트레스 탓에 몸살이 난 나는 자리에 누웠다.

그날은 거의 누워만 있었다. 누워 있는 나를 보자 한쪽 눈썹 산이 심하게 일그러질 정도로 무시무시한 인상을 지으며 시어머니 목소리가 쩌렁쩌렁하게 울렸다.

"아야, 괴기 먹어야 머리가 난다니까 괴기 좀 먹어야겠다."

"오늘은 몸이 안 좋아서 쉬어야 해요."

나이가 들어도 여자였던 시어머니는 머리숱이 볼품없다는 내 말을 핑계 삼아 몸살이 난 나를 괴롭혔다. 내가 자리에서 일어나 옷을 챙겨입는 동안 염불을 외웠다.

눈치와 주눅이 들어있는 내가 시어머니를 안 보는 척 슬그머니 훔쳐보았다. 얼굴에 늘 불만이 가득 차 있는데 오늘은 평온해 보이기까지 했다. '오늘은 편안한 날을 보낼 것인가. 매일 절에서 기도하는 효과가 좀 있어 보인다.'라고 앞치마를 두르며 속으로 생각했다.

부엌에 들어선 그때, 갑자기 큰소리로 뭔가 긴박한 상황일 때면 시어머니는 목소리를 높게 올렸다.

"아야, 나 좀 봐라."

"네?"

"짜장면 좀 먹어야 쓰겠다."

내 얼굴을 본 듯 안 본 듯 또다시 시큰둥 이다. 영락없이 '오늘도 편안하게 못 지나가.' 하는 표정인 시어머니의 심기 불편은 천둥 번개처럼 갑자기 생겼다가 고요히 가라앉기 때문이고 늘 되풀이했다. 잠깐 사이 감정 기복이 변화무쌍이었지만 그러든 말든 아랑곳하지 않았다.

시어머니의 불공은 어쩜 '부처님 이놈의 성질 좀 죽여주세요.'라는 기도일지도 모른다. 고분고분하고 말 잘 듣는 스타일의 며느리를 원했겠지만 그것이 통하지 않는 나에게 역정을 자주 냈다. 그렇지만 나는 "어머니, 어디가 그렇게 불편하세요?"라고 묻지 않았다.

인생사 일이란 희한하게 꼬이고 풀어진다고 하던가. 신혼여행지에서 치른 첫 밤과 시댁에서의 첫 밤이 하나도 다르지 않았다. 남편이 좀 더 다정한 사람이었으면 어땠을까. 기고만장한 말투에 으스대며 몸동작까지 활발해진 광식은 옷을 벗어 나에게 항상 받아들게 하고 여자를 자기보다 아래로 보면서 길들이지 못하면 오래도록 성가신 존재가 될 것이고, 불편이 따를 것이라 믿는 남자였다.

술에 취해 코를 골며 잠들었던 그가 몸을 뒤척여 나를 끌어당겼다. 다급하고 거친 손이 제멋대로인 그의 손이 내 치마 아래를 더듬었다. 단단하게 몸을 오그린 나는 마음도 얼어붙었다. 입안에서 욕지거리가 나오려고 했다. 이따위 오만불손한 행동을 참아야 할까. 이대로 참는다면 수많은 귀찮은 밤을 맞이해야 할 것이었다.

방문을 박차고 나가버릴까. 짐승 같은 그의 몸뚱이를 발로 차버릴까. 둘 중 하나를 선택해야만 할 것이다. 이것도 저것도 피하지 못하고 그의 손에 붙잡혀 무례한 손길을 참아내야 하는 밤이었다. 이불을 잡아당기는 나와 걷어내려는 광식의 작은 실랑이가 벌어졌다.

"여자가 뻗정다리 같아서야 원. 냉해 보이는 여자일수록 속에 뜨거운 불덩이를 담고 있는 법이지."

꽃잎에 앉은 나비가 꿀을 빨아들이듯 나를 안고 단물을 빨듯 내 안으로 그가 들어왔다. 벽 하나를 사이에 두고 귀밝은 시어머니가 신경을 곤두세우는 밤이었다.

십일월의 산둥성이는 붉은 띠를 두른 듯 붉게 타오르는 단풍이 한창이었다. 빛 고운 단풍을 아름답게 느끼지 못하고 분노와 고통이 담긴 피의 색이라는 생각이 들었다. 광식과 결혼한 올해는 유독 아침저녁 날씨가 차가웠던 탓인지 단풍이 열정적으로 자지러질 듯 곱게 물들었다. 마치 선지피를 흩뿌린 듯 선연한 색조가 산허리를 굽이굽이 휘감았다.

여자에게 있어 남편의 존재는 무엇일까? 남편이 햇빛이라면 아내는 더없이 아름답게 빛나겠지. 서로에게 눈길을 맞추면서 보살피고 배려하는 부부라면 빛깔 고운 단풍잎 일상으로 거듭나고 어깃장으로 서로를 할퀴는 사이라면 핏빛 분노와 고통의 칙칙한 굴레가 되어 가슴에 돌덩이처럼 얹어질 일이었다. 비 묻은 구름이 하늘을 덮고 스산한 바람에 나뭇잎이 낙엽이 되어 흩어져 날렸다.

개똥벌레의 시간

7

"신혼 살림하느라 힘들지? 얼굴이 까칠해 보이는구나."

외숙모 말에 나는 고개를 천천히 끄덕였다. 시장에서 우연히 만난 외숙모의 입술에 웃음기가 퍼졌다가 사라지며 얼른 다른 말을 꺼냈다.

"우리 오빠한테 들은 얘기인데 광식씨가 그러더래. 알고 있는 여자 하나가 아주 앙칼지고 악종이라고 동네에서 소문이 났데. 우리 애 아빠한테도 그 여자 조심하라고 하더라고."

"그게 누구인데요?"

"뭘 하다가 들었는데 누구라고 하긴 했어."

외숙모는 말을 꺼내놓고 공연한 입질이라는 생각이 들었는지 다시 부연 설명을 보탰다.

"소문을 들었는지 모르지만 너만 조심하고 또 조신하면 되지 않겠니."

야릇한 기분이 든 나는 고개가 가로 흔들렸다.

"소문은 소문일 뿐이고. 겁먹지 마. 참, 말을 하다 보니 이제 생각났네.

너희 시어머니가 요즘 심기가 불편한지 뒷집 순덕 엄마한테 하소연하더란다. 도도한 늙은 년이 며느리라고 들어와서 가시방석에 앉은 것 같다고."

"저보고 늙은 년이라고요?"

"으름장을 놓은 거겠지. 내가 말하지 않아도 너는 똑똑하니까 잘 알아서 하겠지만 시어머니 눈 밖에 나지 않도록 조심해."

나도 모르게 내 입술에 쓴웃음이 지어졌다.

"시어머님하고 사이가 좋지 않은 며느리는 원인이 어디 며느리 쪽에만 있을까요?"

"이런저런 헛소문에 신경을 안 쓰려야 안 쓸 수가 없었어. 게다가 너희 시어머니가 워낙에 동네에서 소문이 난 별난 양반이라서. 그래서 하는 말인데 아무리 재주가 좋고 잘났어도 결혼한 여자의 운명은 죽어지내야 한다는 것이 너한테만 해당되는 일이 아니야. 조금 도도해 보이는 것이 너의 흠이라면 흠이야. 내가 너한테 일러줄 수 있는 말은 그것밖에 없어."

걱정이 많은 눈길로 나를 바라보며 충고해 주는 외숙모의 얼굴이 진지했다. 또 다른 대못이 내 가슴에 박혔다.

'이제 진짜 가시밭길이구나.'

한숨과 함께 터져 나오는 입속말로 중얼거렸다.

"선아, 여자는 제 식구들 밥상 차리는 거, 잠자리하는 거, 깍듯 하게 모셔야 할 시댁 어른, 자식 돌보는 것까지 골고루 손이 가야 해. 그것을 벗어나면 그때부터 가시밭길이야. 아이고 내가 무슨 수다람."

너스레를 떨던 외숙모의 얼굴이 빨갛게 상기되었다. 외숙모 얼굴을 마주 바라보던 나는 잔뜩 주눅이 들었고 내딛는 발걸음은 눈에 띄게 휘청거렸다.

"참, 네 남편이 너보다 한 살 더 먹었다던데. 만만치 않아 보이더만. 내가 너무 지레 호들갑 떨었네. 아무튼, 조심하고 나 먼저 간다."

나를 염려하는 외숙모의 마음이 소름을 돋구고 지나갔다. 시어머니 목소리가 환청으로 들려왔다. '밤마다 그 늙은 년하고 끌어안고 자니까 좋더냐? 그년의 뻗치는 음기를 어찌할꼬'

시어머니의 환청이 귓가에 와 스멀거리면 자다가도 벌떡 몸을 일으키며 귀를 틀어막았던 나는 가위눌림은 이제 습관처럼 돼버렸다. 두 손으로 귀를 막고 그 자리에 쪼그리고 앉아 있으면 광식이 다리를 떨면서 돌아누웠다.

고개가 저절로 설레설레 흔들렸다. 광식과 잠자리를 하는 밤이면 남들 눈에 도도하게 보이는 대나무 같은 내가 뭐가 잘났다고 이다지도 뻣뻣해지는지 자괴감이 들었다. 그러나 시어머니의 심기 불편한 얼굴이 먼저 떠올라 가슴 깊은 곳 어딘가에서 자물쇠 걸리는 소리가 찰칵하고 났다. 마음에 걸린 자물쇠는 쉽게 열리지 않았다.

결혼하고 부부가 되었지만 아직도 서먹서먹한 광식은 내 남편이라는 일체감을 느껴보지 못했다. 잠자리가 끝나고 나면 광식은 등을 돌리고 잤다. 아침에 방문을 열고 부엌으로 나가자 시어머니가 먼저 나와 있었다.

"잘 주무셨어요?"

내가 인사를 건네자

"간밤에 잠 한숨 못 잤다. 고기 들어간 국수 한 그릇을 먹어야 잠을 자겠는데 그것을 못 먹어서 길고 긴 밤에 밤새도록 못 잤다."

벌레 씹은 얼굴로 말하는 불편한 시어머니와 멀리 떨어져 살 수 있다면 그런대로 편안할까. 하루하루가 오로지 시어머니의 기분에 의해 달라졌다. 광식에게 아침 댓바람부터 신경질을 냈다.

"어미가 하는 말이 말 같지 않냐? 평생 과부로 살아온 내 속을 네가 몰라주면 누가 알아준 다냐. 어떻게 그럴 수가 있느냐 말이야."

시어머니와 아침 밥상을 받고 앉아 있는 광식은 떫은 감 씹은 얼굴로 밥을 먹었다. 그런 모습이 모르는 남자처럼 낯설고 어색하기 그지없었다. 물과 기름처럼 어울리지 못하는 하모니가 서로를 불편하게 할 따름이었다. 잘 못 된 길을 들어섰다는 것을 알게 되었지만 나도 모르는 어두운 기운이 억누르는 듯 무기력했다.

'이러면 안 되는데, 이대로는 견딜 수 없어.' 수없이 되뇌었지만 엎질러진 물처럼 다시 담을 수도 없는 현실이었다. 사람의 감정이라는 것은 뜻대로 잡아 당겨지는 것도 오그라드는 물건도 아니었다.

"요물단지 같은 년."

시어머니에게서 비난의 말을 들을 때마다 결혼이라는 굴레에서 벗어나 이 집에서 당장 짐 싸서 나가고 싶었다.

최 보살을 만나고 집으로 돌아온 시어머니는 어젯밤 꿈 이야기를 들려주고 왔다고. 평소에 꿈을 잘 꾸지 않는데 요새는 밤마다 꿈을 꾸니 이상하다고 말했다.

"며느리 봤으니까 아기가 생기는 태몽 인가 벼. 어디 한번 말해보게."

최 보살이 태몽을 들으려고 두 귀를 바짝 세웠다.

"골목 모퉁이를 돌자 우리 집을 두세 겹 둘러싼 사람들이 대문 앞에서 웅성거렸어. 그래서 내가 물었지. 무슨 일이에요? 사람들이 나한테 손으로 가리키며 말했어. 저기를 보세요! 사람들이 가리킨 곳은 마당 한가운데 길게 엎드린 거무스름한 구렁이야. 대문에 걸친 꼬리부터 시작해 넓적한 몸통이 마당을 가로질러 마루 위를 타고 안방 미닫이문 안에 들어가 있었지 뭐야. 내가 얼른 방 안으로 들어가니 이불 위에 구렁이가 눈을 뻐끔거리며 아 글쎄, 요놈이 나를 빤히 쳐다보는 거야. 하마터면 너무 귀여워서 큰 소리로 웃을 뻔했어요. 마당에 나와서 보니 몸통이 글쎄, 산 하나만큼 되는 놈이야. 어마무시하게 커서 놀랐지. 그놈 해맑은 눈이 너무 예뻐서 참 신기하다, 신기해하며 눈을 떴는데 꿈이지 뭐야."

"꿈에 나타난 것들이 태어날 아기의 모습이고 성격인데 그놈 장군감이 겠어."

"정말 신기한 일이구먼."

최 보살 말에 시어머니는 자신도 모르게 얼굴에 미소가 지어졌다고 혼잣말을 흘렸다. 시어머니를 위해 밥상을 차리려고 할 때였다.

"조기구이 해드릴게요."

찾아봐도 조기 두 마리가 얼른 눈에 띄지 않았다. 냉장고에 숨겨두었는데 이상하다. 여기저기 뒤적거려 보았지만 흔적도 없이 달아났다.

"어머니 조기가 없어졌어요."

"나는 모른다."

기다렸다는 듯이 즉시 대답을 했다. 그것도 아주 강경하고 우렁찬 목소리였다. 마치 그 소리는 내 오늘 발칙한 너를 한 방 날려주겠어. 하듯이 들렸다. 조기를 찾을 때까지 냉장고를 뒤집겠다는 나를 보며 시어머니가 역정을 냈다.

"그래, 내가 벌써 다 먹었다."

나는 뒤통수를 얻어맞은 듯 어지러웠다. 그 순간 문지방이 닳도록 들락거리는 시누이들과 시어머니 모습이 그림으로 그려졌다.

"아이고 너무 잘하셨어요."

내 입에서 나도 모르게 말이 터져 나왔다. 시어머니는 마음에도 없는 내 말에 대꾸 한마디 없었다. 얼굴은 승리의 기쁨으로 빛났다. 그렇지만 나름 태연한 척했다.

예상하지 못했던 일에 뒤통수를 한 대 얻어맞은 듯 떨떠름했다. 나를 따돌리고 거짓말까지 하는 그들을 위해 밥할 기분이 썩 나지 않아 조기구이 대신 양푼에 반찬들을 모두 넣어서 밥을 비볐다. 그것도 아주 매운 고추장을 넣어서. 시어머니의 알 수 없는 히스테리와 소득 없는 오기에 속에서 끓어오르는 열 받침을 삭이느라 매운 고추장 비빔밥을 두 배나 먹어치웠다.

"넌 혼수품 하나 변변하게 해 온 것이 없잖아."

시어머니의 그 말을 듣고 그동안 쌓였던 감정을 참지 못하고 터트렸다.

"혼수품으로 언제까지 저를 괴롭힐 거여요?"

이렇게 대꾸하는 나에게 시어머니의 분한 기색이 단번에 얼굴에 드러났다.

"씨 발 것, 너 얼굴만 봐도 천 불, 만 불이 올라와 속이 확 뒤 집어진다."

심사가 뒤틀린 시어머니의 기세에 눌리지 않고 나는 그동안 참아왔던 말을 꺼냈다.

"제가 어디가 어때서요? 남보다 다리가 하나 모자랍니까? 손이 하나 없습니까? 무엇 때문에 저에게 모질게 막 대하십니까?"

"니가 기고만장하는 꼴은 못 봐준다."

"기고만장은 어머니가 하시잖아요!"

시어머니는 느닷없이 셋째 시누이에게 전화를 걸었다. 혼수품 시비로 셋째 시누이는 나를 항상 괴롭혔다.

"둘째가 금 네 덩어리를 분명히 주었는데 세 덩이밖에 없어. 아무리 뒤지고 찾아도 없는 거야. 귀신이 곡을 할 노릇이지. 도둑이 들었으면 남은 금덩이 다 가져가지 왜 한 개만 없는 거야."

셋째 딸은 시어머니의 호들갑에 맞장구를 쳤다.

"그년은 시집올 때 혼수 장만 변변히 해 온 것도 없고 남들 다 해준다는 다이아반지도 안 해줬잖아. 그년한테 단단히 매운맛을 보여줘요."

"그래, 이것을 당장, 그냥 두어선 안 되지."

시어머니는 전화를 끊고 서릿발 같은 노여움으로 난리 쳤다.

"야, 이년아. 나를 우습게 보고 혼수도 안 해오고. 우리 광식이가 뭐가 못나서 다이아반지도 안 해 줘. 남들 다 해주는 데. 우리 아들이 뭐가 부족하다냐."

나를 금덩이 가져간 도둑으로 몰아서 혼수품 시비를 벌이는 사이 둘째 시누이에게서 전화가 걸려왔다.

"울 엄마도 치매가 왔나 봐. 엄마 목을 봐. 목에 걸고 있는 금목걸이와 손에 낀 금반지 내가 금덩이 가져가서 목걸이와 반지로 만들어줬잖아."

"그냐."

시어머니는 무안해하면서 전화를 끊었다. 사라진 금한 덩어리가 자신의 목에 걸고 있는 목걸이라는 것을 까맣게 잊어버리고 내가 금을 가져간 도둑이라고 몰아세웠다. 시어머니는 금덩어리 소동 이후에도 다이아몬드 반지로 계속해서 나를 괴롭혔다.

"사람이 한가하면 쓸데없는 잡념이 침범하는 법이야. 손 놀리고 몸 움직거려야 밥이라도 얻어먹지. 이것들을 빨아서 내일까지 전부 다려 놓아라."

엄한 눈길에 차가운 말투로 부질없는 명령을 내렸다. 시어머니의 신경은 온통 나에게 집중하는 듯했고 멀쩡한 옷가지들을 산더미같이 쌓아서 내 앞에 내놓았다.

"아버지."

아버지라는 이름만으로도 위로받고 싶었을까. 나는 마른 입술을 달싹이며 지치고 힘들 때 터져 나오는 한숨처럼 중얼거렸다. 지금까지 몇 번이고 주저앉고 싶었지만 강한 정신력으로 버텨 오던 시간이었다. 이제는 당장 쓰러질 것처럼 휘청이는 몸을 받쳐 올렸다. 끝을 알 수 없는 바다로 한없이 가라앉던 나를 끌어올릴 아버지의 손이 간절하게 필요한 순간을 맞았다.

팔다리가 힘없이 축 늘어지고 입술 끝이 파랗게 질려선 힘겹게 숨을 내쉬었다. 무언가 이상함을 느낀 그때 어디선가 아버지의 목소리가 들려왔다.

"선아"

"……."

"정신 차려야 해."

절망의 나락으로 떨어지지 않기를 바라는 밝은 기운이 가득한 미래만 꿈꾸고 싶었다. 아버지는 꿈이라는 매개체를 통해 만나고 싶은 미완성된 내 인생에 대한 조바심이었다. 간절한 기도는 꿈으로 이어졌다.

꿈이란 오랜 시간 꾸게 되지만 정작 기억하는 것은 한 조각의 바램일 터였다. 조바심을 가진 나에게 꿈이란 허허로운 박탈감을 주지만 꿈의 조각들이 풀리지 않았던 문제에 대한 실마리를 준다면 그것으로 만족할 따름이었다.

"선아 아버지가 들려주고 싶은 말이 너무 많아."

"……."

아버지는 나의 어깨를 토닥토닥 두드려줬다. 투정 섞인 어리광을 부리려던 나는 입술을 꾹 다물었다가 다시 입술을 우물거렸다. 생각이 많아질 때 하는 나의 오래된 버릇이었다.

"몽당비가 밤이 되면 도깨비가 된다는 이야기를 알고 있니?"

아버지는 나에게 들려주고 싶은 이야기를 꺼냈다. 아주 어렸을 때 아버지는 마치 산타클로스가 되어 이야기보따리를 하나씩 꺼내어 들려주었던 것처럼.

"도깨비?"

도깨비라는 말에 무언가 장난을 잘 치고 변덕이 심한 존재라고 생각했다. 나는 아버지의 얼굴을 빤히 바라보았다. 내가 아는 도깨비는 혹부리 영감이나 만화에 나오는 '깨비' 정도였다.

"몽당비가 밤이슬을 맞으면 도깨비가 된대. 네 할아버지가 그랬어. 몽당비는 불이 활활 타는 아궁이 앞을 쓸어 낼 때도 좋았고 구석진 틈 사이를 쓸어 낼 때도 좋았어. 학교에서 돌아와 숙제를 다 해 놓을 때까지 할아버지 할머니는 들에 나가 돌아오지 않았어. 기다리는 것은 언제나 쓸쓸했어. 어느 날 동화책에서 놀라운 이야기를 읽었어. 몽당 빗자루가 도깨비가 된다는 거야. 무서웠어. 빗자루를 만질 때마다 무서운 도깨비가 떠올랐어. 그 후 몽당 빗자루를 마당 끝 두엄자리로 내던져 버렸어. 뒷날이면 누군가 또 마루 밑에 갖다 놓고 했지. 나는 또 마당 끄트머리로 내던졌고 장대를 들고 몽당 빗자루를 살살 건드리며 도깨비가 맞느냐고 솔직하게 말하라고 끈질기게 묻기도 했어. 웃기지?"

아버지가 웃자 나도 따라서 까르르 웃었다.

"할아버지, 할머니가 집을 비우고 나 혼자 집을 지키는 날은 빗자루가 더 크게 내 시야에 들어왔어. 아예 보이지 않는 절구통 뒤쪽으로 숨겨버렸어. 무섬증에 사로잡혀 꼼짝할 수가 없었거든. 빗자루 만든 사람은 할

아버지였어. 할아버지가 정성껏 만들어 우리 집 울안에서 몽당비가 되기까지 함께 살았는데 그런 빗자루가 도깨비가 된다는 건 너무 황당한 이야기지 않니?"

아버지 이야기에 집중하던 나는 불쑥 떠오르는 질문을 말했다.

"아버지, 도깨비가 된다는 건 어떤 의미여요?"

"도깨비는 항상 착한 사람 편에 서 있었잖아? 옛날 스물이 넘도록 셈도 못하는 총각이 세상 물정을 배우려고 집을 나섰다가 숲속 빈집에서 여자 도깨비를 만났어. 여자 도깨비와 일 년을 살고 난 뒤에 펴 놓고 손뼉을 치면 쌀이 나오는 보자기를 얻어 집으로 돌아가다가 주막집 주인에게 바꿔치기를 당했지. 다음 해엔 볼기를 때리면 금돈이 나오는 말을 얻어오다가 다시 주막집 주인에게 빼앗겼어. 그다음 해에는 때려라, 말하면 마구 때리는 방망이를 얻어서 주막집 주인을 혼쭐내고 빼앗긴 물건을 모두 찾아서 집으로 돌아갔대."

"그거네, 금 나와라, 뚝딱!"

"구석지고 옹색한 곳도 마다하지 않는 부서지고 닳아질 때까지 묵묵히 제할 몫을 다해 내는 몽당 빗자루. 바로 그것이 아닐까. 나이가 들다 보면 사람의 모습도 몽당비처럼 되겠지. 머리카락은 듬성듬성해지고 뼈는 바람든 무와 같고 피부는 푸석푸석 어디 하나 성한 데가 없을 테지만 마음만은 따뜻하고 건강한 한 사람이 된다면 얼마나 좋을까. 몽당 빗자루처럼 말이야."

"그래서 몽당비가 도깨비가 되었나 봐."

쓸모 있는 몽당비가 되기까지의 긴 여정에 고개를 끄덕였다. 아버지는 다시 말을 이어나갔다.

"자신을 불태워 불길을 일구는 부지깽이 같은 삶과 몽당비는 비슷하지만 다르단다. 불길이 번질수록 더욱 바빠지는 건 부지깽이야. 부지깽이는 잘 타지 않아야 하므로 생나무 줄기를 잘라서 만들지만 아무리 생나무라 해도 자꾸 불씨를 헤치다 보면 금세 끄트머리가 타서 짧아지게 마련이거든. 그러다가 너무 짧아지면 아궁이에 던져지는 게 부지깽이의 신세지. 가족을 위해 자신을 희생해야 하는 삶이지."

아버지의 눈가에 어느새 눈물이 흘러내렸다. 자신의 부재로 힘겹게 삶을 살아가는 딸의 부지깽이 같은 삶이 느껴져 눈시울이 빨개졌다.

'내리사랑이란 부모의 맹랑한 욕심이런가! 언젠가 저 아이의 마음에 진흙이 잔뜩 묻은 구둣발이 길을 내어 아이가 울음을 삼킬 때 무심히 견디면서 살아갈 수 있을까.'

아이가 아무도 밟지 않은 새벽녘의 첫눈처럼 상처 하나 없이 하얗게 자라났으면 좋겠다는 바람이 고였다. 아버지는 눈물 자국이 선명한 얼굴로 더는 터져 나오는 울음을 참기 힘든지 무릎에 얼굴을 묻은 채 흐느껴 울었다. 그 장면을 본 나는 두 손을 입에 대고 틀어막았다. 토끼처럼 동그랗게 커진 내 눈동자가 가늘게 흔들렸다.

내가 알고 있는 전래동화 속 호랑이는 커다랬고 강했다. 아버지는 호랑이처럼 숲속 동물들을 벌벌 떨게 만드는 커다란 존재였다. 그런 아버지가 너무나도 작고 약해 보였다. 아버지는 큰 키와 덩치를 갖고 있음에도 그렇게 보였다.

평평 울고 있던 나를 마주했을 때 발을 동동 구르며 안절부절못하다가 경련하듯 덜덜 떨리고 있는 나의 몸을 꼭 껴안았다. 양팔을 활짝 벌려 온몸으로 안고 소곤소곤 귓가에 속삭이기 시작했다.

"선아, 혼자서 얼마나 무서웠어?"

"……"

힘이 들 때마다 나를 일으켜 세우는 아버지의 빈 자리는 나 혼자만의 안타까운 위안이었다.

"선아, 자주 겪어도 잘 견디어지지 않는 일이 세상에는 아주 많단다. 버티고 견디어도 잘 견디어지지 않는 사람 또한 많다. 그렇다면 나 자신을 견디어보면 어떨까 싶구나."

그때까지 치받는 울음을 끅끅 삼키던 아버지가 천천히 고개를 들었다. 붉게 충혈된 눈을 멍하니 깜빡이며 말을 이으려고 애썼다.

"사람에게는 저마다 삶의 화두가 있어."

눈물을 쏟아내느라 목이 메어 쉰 목소리로 아버지는 온 신경을 나에게 집중했다. 눈에 넣어도 아프지 않을 딸에게 애타게 이름을 부르기 시작했다. 수십 번을 되뇌어도 사무치게 미안한 그 이름이었다.

"선아, 선아."

가슴으로 들려오는 아버지의 목소리를 붙잡으려고 암전된 시야로 정신없이 찾아 헤매지만 아무것도 보이지 않았고, 아무것도 들리지 않는 한 치 앞도 볼 수 없는 심해에 덩그러니 남겨진 나는 졸음이 덕지덕지 붙은 얼굴로 눈도 뜨지 못한 채 아버지를 되뇌었다.

　광식과 나는 갈등의 한 가운데에서 마치 새우 등 터지듯 갈피를 못 잡는 날이 계속되었다. 결혼과 동시에 가족 간 결합이라는 유교 문화와 가부장제 문화에 시달리며 묶였다.

　엄마와 누나들의 요구조건과 불만을 알고 있는 광식에게 말려달라고 부탁했지만 시큰둥하며 모르는 척했다.

　"어머니를 나쁘게 말하지 마! 불만이 있어도 참을 줄 알아야지."

　광식은 핀잔을 주며 내 기를 눌렀다.

　"잘난 내 아들이랑 결혼하면서 혼수를 이거밖에 못 해오느냐."

　모른 척 방관하려는 아들에게 시어머니는 꼬인 심사를 풀려고 입버릇처럼 중얼거리며 부추겼다.

　"너는 내 아들이니 내 말을 들어야지."

　그동안 가시처럼 날카로운 말이 목구멍까지 치밀어 올라왔지만, 꾹 눌러 참았다.

　"나는 결혼하면서 시어머니에 대한 효도를 준비했고 요령을 피우지 않는 성실한 마음 자세를 준비했어요."

　대나무같이 곧은 성품인 나는 그동안 참아왔던 감정이 입 밖으로 터져 나왔다.

　"어려운 형편에 혼수품 준비 못 해 구박을 당할지라도 저는 참고 또 참으며 살아야겠다는 마음으로 인내하고 있어요. 인내는 마음에 칼을 얹어

놓은 것이라지요. 칼로 살짝 살을 베어도 엄청난 고통이 따르는데 칼을 내 속에 올려놓았다고 생각해 보세요. 그런 고통을 느껴도 참고 또 참고 있답니다. 하지만 마음에 칼을 품었다면 언젠가는 그 칼을 내가 집어 들 수 있겠지요. 그러다 보니 폭발하는 것 아니겠습니까?"

억울한 내 가슴에서 화가 치밀어 올랐다. 당장의 옳고 그름을 떠나 가볍게 시작하다 빠져나오지 못한 감정싸움이 아니었다. 열악한 굴레를 떨쳐내고 싶은 생존을 위한 몸부림이었다.

사랑받지 못한 한 맺힌 울부짖음은 가엾게도 사랑의 부재가 원인이 아닐까. 상처 입은 서로에게 상처를 건드려 덧나지 않을 만큼의 거리를 두고 함부로 고치거나 이기려는 어리석음은 없어야 할 것이다.

나는 누구에게나 좋은 사람이 아니었다. 친정의 어두운 기운에 짓눌렸던 나 자신을 괴롭히는 가해자였다. 얄미운 시어머니와 거친 광식에게 결코 친절할 수가 없었다. 폭발한 내 감정을 드러내고 이번에는 내 속의 나에게 친절을 베풀었다는 생각이 들었다.

미소짓는 사람에게는 단내가 나고 향이 나는 사람과 나눈 대화 후엔 심장에서 꿀이 흐른다고. 입꼬리를 올린 미소 하나로 모든 관계의 회복이라고 하지만 그들에게 난 친절을 원하지 않았다.

"언니, 무슨 생각을 그렇게 골똘히 해?"

답답한 집을 나와 무작정 걷고 있는 나를 발견하고 미스 박이 다가와 말을 걸었다.

"요즘 어떻게 지내고 있어? 신혼 재미 좋아?"

결혼 전 직장 후배 미스 박이 궁금한 얼굴로 물었다. "그건 그렇고 요즘 사무실 분위기는 어때? 내가 갑자기 그만두는 바람에 힘들었지?"

"아, 참. 김 과장님 결혼했어. 중매로 만났는데 글쎄 만난 지 한 달 만에 깜짝 결혼했데. 뭐가 그렇게 급했는지. 사람들이 뭐라고 말하는 줄 알아? 둘이 첫눈에 반해 천생연분이라는 말과 실연당해서 아무 생각 없이 결혼했다는 말이 있던데."

"그래?"

"결혼을 그렇게 하는 사람이 어디 있어. 내가 보기에는 결혼에 대한 기대 없이 모두 포기한 거 같아. 언니가 갑작스럽게 회사를 그만두고 나간 이후에 김 과장님이 얼마나 고통스러웠으면 몸무게가 쏙 빠지고 보는 내가 너무 안쓰러울 지경이었어."

"다 지나간 일이야."

"정말이지 사람의 인연은 알 수가 없어."

"내 뜻대로 되지 않았어. 모든 것이."

후회는 언제나 나의 몫으로 남았다. 남들처럼 살아가는 적당한 때를 놓치고 고립감과 우울감을 켜켜이 쌓아 올린 나는 어리석었을까. 내가 원하든 원하지 않든 따를 줄도 알아야 하거늘 내 생각만으로 세상을 살아내기란 계란으로 바위를 치는 일이었다.

산다는 것은 무엇인가를 찾아야 하는 비밀인 것처럼 숨바꼭질이나 보물찾기 같았다. 그렇지만 좋은 건 숨겨져 있고 쉽게 눈에 띄지 않았다. 날이 저물면 찾기를 멈춰야 하고 터무니없는 욕심을 부리면 어둠의 그림자에 붙잡혀 혼자 남겨져 외톨이가 된다는 것을 미처 몰랐었다.

산다는 것은 비율을 정하는 일이었다. 균형을 잘 잡아야 넘어지지 않고 걸을 수 있는 것처럼. 무엇보다 중심을 잡고 평정을 유지하는 것은 쉬운 듯 쉽지 않아서 한쪽으로 쏠리기도 하고 들떠서 다른 쪽으로 꺾여 한순간 중심을 잃어버리기도 한다.

집을 나와 거리를 헤매며 걷다가 밤이 깊었는데 숨은 것들을 찾겠다고 길 한복판에 마음을 홀로 세웠다. 세상에는 집으로 돌아오지 못하고 실종된 행복이 얼마나 많은가.

마음을 내지 못해 누군가는 힘들고 마음을 너무 내서 힘들다. 사람이 옆에 있어서 힘들고 사람이 옆에 없어서 힘이 든, 일생에서 힘든 날을 빼면 나머지는 다 좋은 날이어야 하는데 이러한 계산법이 나에게는 맞지 않았다.

밑돌 빼 윗돌 괴듯이 어리석어서 힘든 날을 빼면 통째로 내 인생이 없어진다. 뫼비우스의 띠처럼 시작도 없고 끝도 없는, 안과 바깥도 잘 분별되지 않는 삶이었다. 거울에 비친 내 모습을 그저 바라볼 뿐, 완벽하게 좋거나 완벽하게 나쁜 것도, 완전하게 맞거나 완전하게 틀린 것도 없었다.

집으로 돌아온 나는 낮잠을 자다가 소스라치게 놀라 깨었다. 다행히 나를 노려보던 흰 구렁이는 사라졌다. 그러니까 꿈속에서 흰 구렁이와 기싸움을 하고 있었다. 아무도 없는 곳에 나 혼자 서 있었고 내 손아귀에는 크고 흰 구렁이 한 마리가 잡힌 채 공중에서 몸부림을 쳤다. 언제부터 이 구렁이를 잡고 있었는지, 구렁이가 어디서 왔는지는 알 수 없었다.

"누가 좀 도와주세요."

있는 힘껏 소리쳤지만 주변에는 아무도 없었고 내 목소리는 턱도 없이 작았다. 그동안에 흰 구렁이의 몸부림은 더욱 거세졌고 이 녀석을 놓치면 나에게 해를 입힐 것 같다는 생각에 뱃속에서부터 힘을 끌어모아 녀석을 꽉 움켜쥐었다. 그러자 녀석은 가당치도 않지, 라는 듯 내 눈을 지긋이 노려봤다. 그 눈초리가 얼마나 매섭던지 화들짝 놀라 잠에서 깨었다.

비까지 내려서 오슬오슬 한기가 들고 머리가 지끈거렸다. 며칠 동안 내내 한기는 가시지 않았다. 오장이 뒤틀리고 우욱 하고 치미는 구역질이 보름 전부터 시작됐다. 오슬오슬 몸살이 나더니 몸이 천근만근 무거웠다. 이마에 손을 얹어 보니 머리에 불덩어리를 얹은 듯이 뜨거웠다.

대문 앞에 있는 펌프는 다른 집 펌프와 달리 힘이 많이 들어가면서 물이 잘 안 나왔다. 시골집의 겨울은 유난히 춥고 바람이 거셌다. 바람이 쉴 새 없이 세차게 들어오는 부엌에서 커다란 빨간 다라이를 놓고 시어머니가 주고 간 헌 옷가지들을 찬물에 빨아서 말리고 다림질하느라 모든 에너지를 소진하고 맥없이 꼬부리고 누웠다. 낮에도 잠만 자고 밤에도 잠이 쏟아졌다.

아랫배가 콕콕 통증이 있었지만 아프다는 말도 못 하고 혼자서 참고 며칠이 지나갔다. 자궁 속을 칼로 긁는 듯한 찌릿한 통증이 오면서 얼굴이 허옇게 백지장처럼 되었다. 그 순간 항아리 깨지는 둔탁한 소리와 함께 절에 갔던 시어머니의 높은 소프라노 목소리가 들렸다.

"니가, 해 오라는 혼수는 왜 안 가져와서 내 속을 이렇게 상하게 하느냐. 집이 좁아서 못해 온 거냐?"

방문을 열자 내동댕이쳐진 항아리에서 담겨있던 물이 쏟아져 흘러나와 좁은 마당을 가득 채웠다. 무거운 몸을 일으켜 깨진 항아리 조각을 주으려고 몸을 숙인 바로 그때 아랫도리에서 축축하게 흘러내리는 물기를 느꼈다. 긴가민가하면서 얼른 치맛자락을 들춰보았다. 핏물이 선명하게 물이 들어 치마를 보는 순간 그만 바닥에 주저앉고 말았다. 하혈이었다.

몸도 마음도 극심한 스트레스를 받아 이겨내지 못하고 쓰러졌다. 시어머니의 불공은 누구를 위한 불공이었나. 허망하게 첫 아이를 잃은 나는 그렇게 쓰러졌다. 잉태의 기쁨은 내 것이 아니고 암흑과 같은 어둠 속에서 수 많은 개똥벌레들이 눈앞에서 날아다녔다. 내 몸이 허공에 매달렸다.

강물인가. 눈물인가. 흘러 흘러 어딘가로 흘러간다. 눈앞은 어둠뿐. 처음 피는 꽃이기에 피는 것에 죄는 없다지만 붙잡지 못할 가시 꽃이었더라.

피는 것에 죄는 없다지만 잠시나마 머물렀던 흔적은 검 붉은빛 피를 부르는 일이었더라. 이름 모를 나무에 나뭇잎 흔들거리고 빛없는 하늘에 어두운 구름이 흘러가는구나!

순간 정신이 번쩍 들었다. 제대로 뻗어보지도 못했던 움켜쥔 내 손을, 차가움을 뜨겁다고 그렇게 부정하려는 그 어리석음이 왜 이제야 생각나는지. 마치 이젠 뜨거움이 차갑다며 기울어진 내 마음 방향을 바로 잡고 싶은데 정신을 차릴 수가 없다. 갑자기 다가온 어두운 그림자에 아무런 저항 없이 빨려 들어가는 길고 긴 어둠의 터널이었다

한낮의 소나기처럼 정신을 차릴 수 없이 갑자기 일어난 일. 어쩌면 가장 긴 여운을 남기고 내 인생에 가장 큰 아픔으로 새겨질 그 순간이었다. 부는 바람이 왜 이렇게 황량했을까. 미련스럽게 받아들이려 했던 그간의 시간이 후회로 남아 나를 아프게 할 뿐이었다.

밤마다 신경을 곤두세우고 눈치를 주었는데 며느리가 임신할 줄은 몰랐을까. 시어머니는 입을 다물고 임신한 사실을 알리지 않은 앙큼한 나의 침묵에 울화가 치밀어 오르는지 치를 떨었다.

"너, 보자 보자 하니 참으로 별종이야. 임신했으면 말을 해야지. 어째서 입을 딱 다물고 있어?"

난 아무 대꾸를 하지 않았다.

"내 말이 말 같지 않냐?"

첫 아이를 유산하고 몸을 추스르려고 친정에 가서 있을 때, 숙이는 형부로 느껴지지 않는 광식이가 자주 들른다는 술집에서 여자를 품에 안고 희희낙락한다는 소문을 남편 석규에게 전해 듣고 나에게 말해 주었다.

즐겨가는 술집에서 많은 시간을 보내는 광식은 어두운 골목에 술집들이 즐비한 곳으로 걸음을 하고 있다. 그중 한 곳에 뒷문으로 들어서던 광식은 주변을 두리번거렸다. 아직 술을 마시기에는 이른 시간이지만 어두

114

운 분위기의 뒷골목은 바쁘게 움직였다.

마침 그곳을 지나가던 숙이 남편 석규가 광식을 발견하고 인사를 하려고 하는 순간 광식이 사라졌다. 무언가 수상한 느낌을 간파한 석규는 광식이 들어간 술집을 찾아냈다. 그곳에서 광식을 발견하고 한동안 가게 안을 살펴보았다.

미옥이 어두침침한 주방에서 나오며 광식을 향해 말했다.

"오빠, 오늘 자고 갈 거지?"

오늘따라 미옥은 유난히 밝은 모습으로 광식에게 다가왔다.

"오늘은 여자 하고 싶어? 일하는 사람하고 싶어?"

"그런 말이 어디 있어. 난 늘 일하는 사람이야."

"미옥아, 오늘은 너 여자 해야겠다. 내가 볼일이 생겨서. 다음에 일하는 사람 해라. 알았지?"

"왜 그래, 무슨 일 있어? 오랜만에 왔잖아."

"미친놈 되는 것이 별 것 아닌 것 같아."

"무슨 말이야. 난 일해야 해. 돈 벌어야지."

"돈 벌어 뭐 하려고 하는데?"

"어두운 이 골목을 떠나서 번듯한 가게 차리고 싶어."

술집에서 일하는 미옥이와 단골인 광식의 대화였다. 친구들과 어울려 술 마시러 간 광식은 미옥을 알게 되었고 그 이후 미옥이는 찰거머리처럼 광식에게 달라붙었다.

광식의 엇갈리는 행적이 갈지자가 되어 비틀거렸다. 아버지 얼굴도 모르고 자란 어린 시절부터 걸핏하면 자신 앞에서 눈물을 짜는 어머니의 하소연을 묵묵히 들어야 하고 시집간 누나들의 시집살이 하소연도 한몫했다. 그리고 어릴 때 돌에 맞아 충격을 받아 앓게 된 간질병에 대한 트라우마가 있었다.

그런저런 이유로 스트레스를 푼다는 자기 합리화를 가지고 광식은 자신도 모르게 미옥이가 있는 술집으로 발길을 즐겨 했다. '내가 왜 여기 왔지' 하면서 스스로 이상하게 생각했다. 거칠고 투박하게 나를 대하는 광식은 미옥이에게는 다정다감한 오라버니 같았다.

"미옥아, 내가 그렇게 좋으냐?"

"그럼, 좋지."

광식은 미옥의 허리를 확 잡아당겨 끌어안았다. 그들은 서로 부둥켜안고 몸부림쳤다. 광식의 손이 미옥을 더듬자 미옥은 뜨거운 입술로 광식의 오감을 자극했다. 계절에 따라 조화를 부리는 미옥의 몸뚱이가 광식의 몸을 달구었다. 그렇게 밤마다 그들의 육체는 어둠 속에서 요동쳤다.

둘의 행동은 점점 과격하고 흥미진진하게 달아올랐다. 대담하고 적극적인 여자의 두 다리가 남자의 몸을 감싸 안았고 남자 역시 수캐가 되어 씩씩거리며 어울렸다. 살집이 통통한 여자 몸이 발정 난 암고양이처럼 아웅 아웅 신음했다. 둘의 몸뚱이가 벌건 숯불에 지글지글 구워지는 고기처럼 발갛게 타올랐다. 좁고 어두운 가게에 그들의 목소리가 간간이 새어 나왔다.

광식은 아무렇지도 않게 샤워를 마치고 나온 순간 전화벨이 울렸다. 시어머니의 소프라노 목소리가 쩌렁쩌렁 울렸다.

"너, 지금 당장 들어와라."

"알았어요."

광식은 짧게 대답했다.

전화를 받고 달려온 광식을 보자 시어머니는 다시 울화가 치밀었다. 광식이 술집에서 시간을 보내고 들어오는 것을 벌써 알고 있었다. 그것보다 앙큼한 며느리인 내가 임신한 사실에 더 심통을 부렸다.

"줏대 없고 소갈머리 없는 것아. 나이 먹고 늙은 년하고 자니까 좋냐. 으이구!"

광식의 등허리를 마구 때리며 시어머니가 화를 냈다. 밤마다 신경을 곤두세우고 그렇게 눈치를 주었건만 아들의 마음은 알 수 없었다.

"또 그 얘기야?"

틈만 나면 광식에게 세뇌하듯 주입 시키는 말이었다. 그 소리가 세상에서 가장 듣기 싫은 광식은 집을 뛰쳐나가고 싶었다.

시어머니는 아들이 품 안의 자식처럼 자기 뜻대로 되지 않는 모습에 짜증이 솟구쳤다. 그렇게 아들의 잠자리에 신경을 곤두세우고 막았지만 내가 임신했다는 사실에 놀랐고 보기와 다르게 속궁합이 뜨거울지도 모를 일이라고 생각했다.

"복자가리 없는 난 그 꼴 못 본다."

"나야말로 미치겠다고요."

광식의 태도에 욱하고 치밀어 오르는 응어리를 참지 못하고 시어머니는 아들의 목덜미를 붙잡았다.

"에잇, 놓으라고요!"

움켜잡은 어머니의 거친 손길을 뿌리치려고 광식이 몸부림치는 그 순간 바닥에 주저앉더니 아예 누워버렸다.

"이 어미를 죽여라, 아예 목을 졸라 죽여라!"

고래고래 소리치며 악을 쓰더니 이제는 눈물을 펑펑 쏟아내었다.

"에라, 내가 독살스럽고 모진 년이구나. 아이고 서러버라. 늙은 화냥년하고 밤마다 그 짓거리를 하고 이 어미 앞에서 부끄럽지도 않냐? 이놈아!"

나이 스물아홉에 청상과부가 된 시어머니는 바닥에 드러누워서 몸부림치며 차마 입에 담기 수치스러운 욕설과 거칠고 공격적인 행동을 보였다. 아비 얼굴도 모르는 유복자로 태어난 광식이 어머니를 일으켜 세우려고 손을 뻗친 순간 또다시 거칠게 발작했다.

광식의 팔과 목덜미, 얼굴을 가리지 않고 마구 꼬집고 할퀴기를 멈추지 않았다. 알 수 없는 그 무엇이 몸 안에 잠재되어 있다가 밖으로 튀어나오기 위해 극에 달한 용트림을 했다. 그 용트림이 악마와 같은 흉측한 모습이 되어 자신의 몸을 산산조각 부수면서 온몸의 세포가 죄어드는 듯한 숨 막히는 공포를 자아냈다.

"어째서 저 늙은 년한테 맥을 못 추냐."

"그럼 쫓아낼까요?"

"그 뻣뻣한 년이 기고만장한 이유를 이제야 알겠네."

욕설과 괴성을 듣고 이웃에 사는 순덕 엄마와 사람들이 우르르 몰려왔다. 광식의 상처 난 목에서 새빨간 피가 줄줄 흘러내렸고 멈추지 않고 계속 흘러나오자 그것을 본 시어머니가 갑자기 몸을 일으켜 세우며 정색을 하고 말했다.

"넌 알고 있었냐? 그년이 임신 한 거?"

"임신이라니요?"

아무것도 모르는 광식의 태도가 어머니의 심기를 계속 불편하게 돋구었다.

"앙큼한 것이 어째서 입을 닫고 말을 안 하단 말이냐?" 시어머니와 광식은 못마땅한 얼굴을 하고 서로 말이 없었다. 할 말 잃은 광식은 다리를 덜덜 떨었다. 무언가 불안할 때 습관처럼 다리를 떠는 광식을 보면서 시어머니는 눈에 거슬렸지만 못 본 척했다.

"저 늙은 년이 날 잡아먹으려고 작정했구나."

이 일은 동네에서 모르는 사람이 없을 정도로 퍼져나갔고 광식은 시어머니가 할퀸 자신의 목덜미 상처를 내가 한 것으로 모함하여 상해로 나를 고소했다.

불행의 인과

8

"야, 어디 있어? 나와!"

광식이 내지르는 천둥 같은 고함질에 깜짝 놀랐다. 시집살이 스트레스 때문에 첫 아이를 유산하고 몸을 추스르기 위해 친정에 가 있던 어느 날이었다.

세차게 열어젖힌 나무 대문 한 짝이 나가떨어졌다. 그렇지 않아도 아귀가 헐거워 틈새가 벌어진 문이었다. 친정엄마 옥화는 떨어져 나간 문짝을 들고 문틀에 다시 맞춰보려고 안간힘을 써보지만 잘되지 않았다.

광식은 구두를 신은 채로 거칠게 방으로 들어와 눈에 보이는 것들을 마구 걷어차고 손에 잡히는 대로 집어 던졌다. 그러다가 나를 보자마자 소리를 질렀다.

"저런 뻔뻔한 년 낯짝을 보았나. 남편이 남편같이 안 보여?"

"……"

"앙큼한 년이 대답은 안 하고 비웃는단 말이지. 내 말이 가소롭다는 거야?"

그가 닥치는 대로 아무거나 발로 차고 집어 던지는 바람에 미역국 밥상이 불벼락을 맞고 처참하게 방바닥에 널브러졌다. 밥알과 미역국이 사방으로 튀었고 내 옷에도 묻었다.

"말로 하세요."

또렷하고 당당한 내 말에 광식의 얼굴이 험악하게 일그러졌다. 칼자국처럼 보이는 눈 밑쪽 깊이 파인 여드름 흉터가 사납기 그지없었다. 입술이 활시위처럼 휘어지며 거품을 물었다.

"야, 이년들아 왜 혼수를 안 해 와서 우리 엄마를 속상하게 해. 우리 집에 둘 데가 없어서 안 해왔냐. 둘 데 없으면 넓은 집으로 이사 가면 될 거 아니야. 이년들아. 맛 좀 봐라."

거품 문 입술은 뒤틀어지고 벌겋게 부릅뜬 눈에는 살기까지 감도는 이 남자가 내 남편이었다. 나는 그 어느 때보다 굳은 마음으로 스스로를 지켜야 한다는 신념을 머금은 얼굴로 차갑게 말했다.

"그만 하세요!"

광식의 오기가 극단적으로 치닫지 않기를 바랄 뿐이었다. 급기야 내 머리채를 휘어잡아 흔들어 댔다.

"맛이 어떠냐. 이판사판 공사판이다."

이윽고 그가 기괴한 소리를 내면서 내 목을 조르기 시작했다. 그에게서 죽음의 그림자를 보았다. 모종의 살의가 느껴지면서 일으킨 분노에 부들부들 치를 떨었다. 광식은 살기 어린 눈빛을 번들거렸다. 지켜보던 엄마가 내 목에서 광식의 손을 떼 내어내려고 하자 광식은 에잇, 에잇 기합까지 넣으며 주먹질과 발길질을 해댔다. 엄마와 나는 한 마리 미친 들짐승에게 굴욕과 난도질을 당하는 꼴이었다. 공포의 순간을 가까스로 벗어나 장독대 뒤로 몸을 숨겼다.

"이년들 어디 갔어?"

부엌에서 프라이펜을 들고나온 그가 와장창 유리창을 깨어 부수며 행패를 부렸다. 소리를 듣고 동네 사람들이 몰려나와 웅성거렸다. 구경 나온 이웃 사람들마저 광식을 향해 비난과 욕설을 퍼부으면서 친정집은 순식간에 난장판이 되고 말았다.

장독대에 몸을 숨기고 있던 엄마의 코에서 코피가 줄줄 흘러나왔다. 오른쪽 눈 주위는 이스트 넣은 빵처럼 시퍼렇게 부풀었다. 가슴이 찢어지는 아픔을 느꼈다. 엄마를 붙잡고 절규했다. 미치도록 울고 또 울었다. 구토가 나고 어지러웠다.

잠시였지만 그와 살을 맞대고 살았다는 사실이 한없이 치욕스러운 나는 고통을 견디기 어려워 다량의 수면제를 먹고 깨어나고 싶지 않을 깊은 잠 속으로 빠져들었다.

깊숙이 감추어두었던 작은 주머니칼을 찾아 바스락거리기 시작했다. 약간 녹이 슨 회색 주머니칼이 눈에 들어왔다. 내 것이었던 적은 없는 손잡이에서 낯선 느낌이 났다.

낡았지만 사람의 손길을 많이 타지 않아 동시에 거의 새것이었던 그 주머니칼을 응시했다. 광식으로부터 벗어나고 싶은 불타는 열망이 가슴속에서 들끓었다. 회색빛 은빛 칼날은 돌멩이를 갈아서 만든 둔탁해 보이는 야생 그대로의 빛깔이었다. 너무나도 투박한 것이 마치 생존을 향한 발악의 응고물 같은 뗀석기 같았다. 악연의 고리를 잘라내는 데 그렇게 유용해 보이지는 않았다.

광식에게서 벗어나려는 몸부림이었을까. 본능적인 방어와 고통을 해소하기 위한 약간의 일탈 행위였을까. 그를 향해 증오의 칼날을 박아 넣었다.

푹!

내 심장에 박혀있는 고통의 깊이만큼 깊숙이 찔러 넣었다. 더는 날 고통스럽게 할 수 없도록…….

칼날을 쥔 내 손이 회색 은빛으로 물들었다. 순식간에 내 몸에서 모든 힘이 빠져 나가버리고 주저앉은 나는 마침내 무엇인가 해냈다는 뿌듯함에 통곡의 눈물을 흘렸다. 이제 자유로운 하늘로 날아갈 수 있을까. 모든 것을 놓아버리고 훨훨 날아서 무한하게 드넓은 우주 공간으로 날아가면 좋으련만…….

어느 순간 티끌이 되어 우주 공간으로 무한하게 확장되기를 바랐다. 티끌과도 같은 나와 빛 고운 진달래와 끈질긴 바랭이 풀과 펑퍼짐한 너럭바위와 길가 흙먼지는 어떻게 구별할 수 있을까? 하지만 난 아직도 그 자리에 머물렀다.

광식의 끈질긴 구혼으로 결혼했으나 결혼 첫날부터 폭행을 당하고 자존심에 씻을 수 없는 손상을 입었다. 시어머니의 온갖 트집과 변태적이고 이중 인격적인 언행이 나의 온 정신을 할퀴었지만 그런 것에는 관심이 없는 광식은 오직 제 어머니의 기분과 요구조건에 길이 들여진 들짐승처럼 움직일 뿐이었다. 갈수록 심해지는 그들의 폭언 폭행은 견딜 수 없는 끝을 향해 달렸다.

친정에 온 지 일주일이 지났을 때, 시댁에 들어가기를 거부하고 이혼을 요구하는 나와 다방에서 만난 광식은 다짜고짜 유리컵을 손에 잡고 힘을 주어 깨버렸다. 깨진 유리가 손에 박혀 검붉은 피가 줄줄 흘러나왔다.

"이제, 그만 하세요! 폭력과 협박을 더는 용서할 수도, 견딜 수도 없어요."

강한 공포와 두려움에 떨면서 내 마음은 더 깊이 닫혔다.

"당신이 과격할수록 내 마음은 더 멀리 달아날 뿐이에요."

광식에게 바라는 것이 있었을까. 굳이 나열하자면 비록 가난해도 마음과 마음이 합쳐지고 교감하는 사이가 되어주는 남자이길 원했다. 그리고 여자에게 결혼은 함부로 벗어던질 수 있는 옷이 아니지 않은가. 검은 머리 하얗게 눈 내리도록 세상 끝까지 동행하리라 생각했지만, 첫 아이는 유산되었고 결혼에 대한 기대는 어느새 산산조각이 나버렸다. 금이 간 항아리에서 틈이 벌어지더니 다시 돌아갈 수 없는 만신창이가 되어 깨졌다.

간밤에 최 보살에게 처방책을 받은 모양인지 계속해서 이혼을 요구하는 내게 시어머니가 최 보살과 함께 찾아왔다. 무릎을 꿇고 손을 싹싹 빌더니 한 번도 들어보지 않았던 말을 했다.

"넌 내 딸이나 다름없어."

뜬금없이 딸이라니. 아직 아이를 낳지 않은 내가 어찌 정이 가며 며느리로 보였겠는가. 하물며 딸 같은 마음이 들었겠는가. 아예 그런 마음은 눈꼽 만큼도 없는 것은 당연지사다. 따지고 보면 친정엄마에게 딸 노릇 하기도 힘든데 어찌 시어머니의 딸까지 되고 싶겠는가.

시어머니 말은 억지스럽고 나에게는 버거운 말이었다. 그동안 천둥 번개처럼 유지해온 막 부려먹는 가정부는 어디로 갔단 말인가. 동행한 최 보살이 시어머니의 철학과 공식을 깨버릴 만큼 능력 있었나 싶었다. 시어머니는 나를 찾아오기 전날 최 보살을 찾아갔다.

"자는 것도 자는 것이 아니고 먹는 것도 먹는 것이 아니네. 올해 조심해야 해. 11월에서 12월에 망조가 들었어. 자네 아들 광식이가 죽을 수야. 이때는 어쩔 수 없어. 자네가 가진 것 전부를 들여서라도 며느리 마음을 잡아야 해."

시어머니는 깊은 한숨을 휴 하고 내뱉었다.

"너무 시달려 견디지 못해 쓰러졌어."

"누가요?"

"누구긴 누구야. 자네 집에 지금 누가 쓰러져 있나?"

"며느리는 다 아는 병인데요. 뭐."

"죽은 조상들이 자네 몸에 친친 감겨있어. 육신을 아주 꽁꽁 묶어놨어."

"그게 왜 감겨있어요? 누가 어떤 조상이 감겨있는데요?"

시어머니는 더 답답해하며 최 보살의 입에서 어서 빨리 다음 말이 나오기를 재촉했다.

"광식이 아부지야."

산에서 신을 모시고 기도를 올리는 행위를 꾸준히 하며 부처님께 기도
와 염불을 병행하는 최 보살은 이십 년이 넘는 세월 동안 신의 기운을 유
지하며 무속인보다는 도인 같았다. 시어머니와 비슷한 나이이고 목소리
에 세월과 연륜이 묻어났다.

그런 최 보살은 직설적이기보다는 돌려 말하는 데 능숙하고 돌려 말하
는 의도를 상대방이 알아들을 수 있도록 조리 있게 말을 잘했다. 단 답도
아니면서 긴 답도 아닌 중간 지점 어딘가에 현명하고 지혜로운 답안지를
골라주는 센스가 남달랐다.

그리고 점을 보는 사람의 멘탈을 잡아주고 나름의 혜안을 말해주는데
일가견이 있었다. 점으로 맞고 틀리고를 짚어주는 것보다 인생 전반을 살
펴보는 상담을 하는 편이었다.

"점을 너무 많이 여기저기 보러 다니는데 그러지 마. 자네한테 좋을 것
이 없어. 자네는 사주에 나무와 물이 많아서 불의 기운을 가지고 와야 좋
은 방법이야. 며느리가 불인데 자꾸만 복을 차는 기운이 있어. 그 애가 앞
으로 큰돈을 벌어 줄 거야. 그러니 너무 닦달하지 마."

최 보살의 고정손님이자 단짝인 시어머니에게 말하며 항아리 다섯 개
를 나란히 보여주었다.

"하나 골라보게. 제사를 잘 모셔야 해."

시어머니는 뚜껑이 모두 덮어 있는 항아리 다섯 개 중에서 하나를 골
라서 열어보니 그 안에는 향이 들어있었다.

"광식이 아비 제사를 작년까지 지내다가 올해 들어서는 모든 게 다 귀찮고 소용없는 거 같아서 절에 모실까 생각했네요."

최 보살은 오방기를 손에 쥐고 시어머니에게 뽑게 하고 뽑은 깃발을 보면서 말했다.

"어리석은 사람은 한평생 살아도 바뀌지 않고 우물 안 개구리식으로 세상을 살아가니 자기 팔자를 못 바꾸는 거야. 그리고 안 좋은 일은 한꺼번에 같이 오는 법이야. 그렇게 일이 자꾸 꼬이니 자네 성격도 갈수록 안 좋아지는 거 같고 우울한 기분으로 지내는 날이 평생이야."

시어머니는 풀이 죽은 목소리로 한숨을 쉬며 말했다.

"하는 일마다 잘 안 풀리니 이젠 지쳤수."

"일단 지금은 자네가 운이 안 좋아. 며느리 마음을 붙잡아야 광식이가 살고 자네가 살아. 조금만 참고 기다려 봐. 내년이나 후년에는 좋은 기운이 들어와. 그때는 지금보다 나아질 거야."

시어머니는 다른 모습으로 내 앞에 나타났다. 나를 위해 절에 가서 정성껏 불공을 드린다는 것이다.

"아이고 건강이 최고여. 넌 며느리가 아니고 내 딸이나 마찬가지여. 긍께 힘내!"

'맙소사. 웬 딸이요. 딸은 아무나 하나.' 나는 속으로 이렇게 중얼거렸다. 처음 듣는 그 말에 오히려 어색하고 소름이 돋았다.

그나저나 시어머니에게는 이혼을 요구하는 내가 골치 아픈 비상사태가 되었다. 이제껏 쓰지 않은 히든카드를 불쑥 꺼내 들었다. 삼천만 원 적금 통장을 주겠다며 약속을 했다.

"넌 내 딸이나 마찬가징께. 지금까지 불화는 잊고 잘살아보자."

이 말은 아들을 위한 극약 처방이었다. 마치 의사가 내린 처방 약처럼 딸 타령을 마구 쏟아내어 위기를 수습하려고 호들갑을 떨었다.

'네가 내 말을 들어야 우리 아들 마음이 편하제.'라는 뜻이었다. 아들을 위해서는 내키지 않는 말도 거침없이 질러대는 그녀였다. 극약 처방에 대한 효과와 믿음을 가지고 간질병에 걸렸던 아들을 살려낸 저력이 있었다.

착각이었을까. 불공 덕분이었을까. 한편으로는 이제야 시어머니가 나의 진가를 알게 된 건가? 라는 의문이 들었다. 내 마음이 조금씩 풀리자 삼천만 원을 받고 분가하는 조건으로 사과를 받아들였다.

그날 이후 보증금 오백만 원을 주고 전셋집을 얻어 시댁에서 분가했다. 신기한 건 그 후로 시어머니의 '너는 내 딸'이라는 말은 감쪽같이 사라졌다. 아주 말끔하게. 시어머니의 처방 약은 위기 모면을 위한 거짓말이었다.

"문 열어라."

시어머니의 소프라노 목소리가 한밤의 고요를 흔들었다. 밤마다 불끈 화를 내며 찾아와서 나에게 주었던 삼천만 원을 돌려달라고 소란을 피웠다.

"뭐하느라고 문을 빨리 안 열어!"

광식이 주춤거리며 문을 열었다. 한밤의 정적이 시어머니의 성깔을 부추겼다.

"엄마, 야밤에 남사스럽게 소리 지르면 옆집에 다 들려요, 안 주무시고 뭐 하러 오셨어요?"

속셈은 어떻든지 남들 시선에 예민하게 반응하는 광식의 목소리가 소란스럽다.

"아서, 너는 상관하지 마."

"이 시간에 또 시비를 가려서 어쩌려고요."

방으로 들어온 시어머니는 깔아놓은 이불을 보자 어깃장이 올라오고 심사가 꼬였다.

"방안은 요지경이 따로 없구나. 당장 이불 걷어치워라. 무슨 딴 세상이 따로 없어. 초저녁부터 이불 깔고 뭣들 하고 있었냐? 어미는 통 밥을 못 먹어서 죽어가는데 굶어 죽어도 괜찮다 이거냐?"

놀랍다는 얼굴로 눈을 부라리며 시어머니는 이불을 발로 세차게 걷어찼다.

"주무시지 않고 뭐하러 오셨어요."

멋쩍게 말하는 광식은 머리를 긁었다.

"미쳐도 단단히 미쳤구나. 어미 앞에서 부끄럽지도 않냐?"

시어머니는 앞뒤 가릴 기분이 아니었는지 고약한 며느리를 물고라도 내지 않으면 분하고 억울한 심정이 가라앉지 않을 것 같았다. 나약한 성격을 보이는 광식은 애꿎은 머리만 긁적이며 머뭇거렸다.

"왜 또 시작이세요. 참나."

밑도 끝도 없는 시어머니의 히스테리를 겪어내어야 하는 한 밤의 다툼이었다.

"너한테 참고 사는 내가 밤마다 잠을 못 자고 되는 일이 하나도 없는 이 지경에 너는 무엇이 그리 좋아 희희낙락이냐?"

시어머니는 이제 무섭다기보다는 오히려 측은하고 가여운 모습으로 보였다.

"어머니, 희희낙락이라니요, 무슨 말씀이세요?"

"나는 그 꼴 못 본다."

시어머니는 갑자기 화가 치미는지 손에 잡히는 대로 집어 들고 던졌다.

"그러지 말고 앉아서 말로 하세요."

"너한테 준 내 통장 내놔라. 안 그러면 내가 불안해서 제 명에 못 살겠다."

통장을 돌려주지 않으면 내 이것을 당장 요절을 내리라. 마음을 단단히 먹고 찾아온 것이었다. 시어머니 앞에서 기를 못 펴는 광식을 보면서 답답한 현실을 직시하고 거미줄같이 옥죄어오는 질풍노도의 히스테리를 겪으며 수렁 같은 시간을 견딜 뿐이었다.

"혼수도 못 해온 년이 전 재산을 빼앗아 가고 이게 가당키나 한 일이냐."

"빼앗다니요, 앞으로 잘살자는 약속으로 주셨잖아요."

"그러니까, 내놓으란 말이여."

당황하지 않고 침착하게 말하는 나에게 시어머니는 버럭 소리 지르면서 눈을 희번덕 치떴다.

"걱정하지 마세요. 잘 가지고 있을 테니 불안해하지 마시고요."

"어서 내놓아라."

"알았으니까 그만 하세요."

모든 것을 훌훌 털어내고 속박에서 벗어나 새처럼 날고 싶었다.

"이러다가 정말 몸 상하겠어요."

말없이 지켜보던 광식이 어머니를 다독였다.

"지금 당장 내놔라."

시어머니는 며느리인 내가 앞길을 가로막는 장애물로밖에 보이지 않은 듯했다.

"이 요물이 들어와서 우리를 말아 먹으려고 작정한 게야."

입버릇처럼 말하는 십팔 번을 남기고 시어머니가 돌아갔다. 불벼락을 맞고 처참하게 짓밟힌 흔적만 남았다. 잔해가 널브러져 남아 있는 방바닥에 만신창이가 된 몸과 마음을 대고 누웠다.

여느 날처럼 아침 해가 뜨고 날이 밝자 옆집 새댁이 일부러 찾아왔다. 잦은 소란과 다툼을 목격하고 따뜻한 팥죽을 손수 끓여서 들고 왔다. 어둡게 내려앉은 방 안 공기에 푸석푸석한 내 얼굴을 보며 걱정스러운 표정을 지었다.

"고생이 많아요. 몸도 약한 사람이 밤새 시달리는 소리가 우리 집에까지 다 들려요. 시어머니가 무슨 억하심정이 있기에 사사건건 밤마다 찾아와서 소리치고 화를 내는지 정말 힘들겠어요."

"대처하기 쉽지 않네요."

"지금 당장은 시어머니가 워낙에 드세서 말리기 쉽지 않아 보여요. 참 안타까워요. 어쩌다가 이렇게 힘든 사람을 만나 결혼까지 했어요?"

"마음에 없는 중매를 강요받고 음모에 휘말렸어요."

처지를 알고 있는 옆집 새댁은 안타까운 얼굴로 나를 위로했다.

"몸 상하겠어요. 따뜻한 밥이라도 먹고 힘내요."

"고마워요."

이웃의 따뜻한 말 한마디에 서글픈 눈물이 주르르 흘러내렸다.

분가하고 광식과 다시 살면서 거친 기운에 짓눌린 채 눈을 뜨고 천장을 바라보는 일이 잦았다. 함부로 더듬는 손길은 더욱 거칠고 한 마리 들짐승이 되어 막무가내로 허겁지겁 달려들어야 하는 이유를 몰랐다. 눈을 떠도 감아도 마찬가지였다. 광식의 음흉한 숨결이 내 얼굴 위로 퍼부어졌다.

"내 얼굴이 그렇게 보기 싫어?"

고개를 옆으로 돌리고 아무 말도 하지 않는 나에게 거칠게 몸을 움직였다.

"네가 날 거부할수록 난 더 즐거워."

거친 숨으로 씩씩거리는 야생마를 보는 듯한 내 눈에서 차가운 물기가 주르르 흘렀다.

"너는 싫어도 좋은 척 연기할 줄도 모르냐."

내 몸과 영혼이 울부짖고 아우성치는 밤. 죽을 때까지 이 순간을 떠올린다면 부르르 경련하며 잊히지 못할 밤이었다. 어둠 속에서 가시에 찔리고 피를 흘리며 여자로 태어난 운명을 원망했다. 짓눌린 마음은 감당하지 못할 벽 앞에서 소리조차 내지 못하고 눈물만 흘렸다.

그가 일을 마치고 훌쩍 일어나 방문을 열고 밖으로 나갔다. 문밖에서 '카악, 퉤' 하는 가래침 뱉는 소리가 들렸다. 방으로 다시 들어와 나에게서 멀찌감치 떨어져 등을 돌리고 잠을 청했다. 그런 그에게서 인간이 아닌 한 마리 들짐승을 보았다. 입을 굳게 다물고 암담하고 쓸쓸한 마음으로 남아 있는 어둠을 적막하게 응시했다.

똑같은 밤이 어느덧 4개월째 지나갔다. 새벽에 들어온 광식은 비틀거리며 구두를 벗었다. 동공이 적당히 풀어져 있었다. 꽤 취한 상태로 한쪽 구두가 잘 벗겨지지 않자 오른쪽 다리를 들어 올린 채 손바닥으로 구두 뒤축을 잡아당겼다. 무게 중심이 흔들린 상체가 잠시 기우뚱거리며 비틀거렸다. 화가 난 모습으로 광식은 갑자기 허공을 걷어찼고 포물선을 그리며 날아간 구두가 유리문짝에 꽂혔다. 유리가 산산 조각나는 파열음에 집 전체가 들썩거렸다.

깜빡 든 단잠에서 화들짝 깬 나는 하루가 멀게 벌어지는 소동에 피로가 쌓여있었고 겪어내어야 하는 일이기 때문에 불안이 늘 깔려있었다. 술에 취했을 때 광식이 내뱉는 말들은 말이라기보다는 괴성에 가까웠다. 도저히 해독할 수 없는 외계어 같았다. 집에 들어서자마자 야생늑대처럼 으르렁거리다가 아무도 알아들을 수 없는 혼잣말처럼 중얼거렸다.

그에게 해줄 수 있는 것이 아무것도 없는 나는 그저 그의 얼굴을 올려다보며 불안해할 따름이었다. 나는 그때마다 목이 말라서 마른침을 꿀꺽 삼켰다.

술에 취한 그가 넥타이를 풀고 와이셔츠 단추를 서너 개 풀더니 답답함이 가시지 않았는지 와이셔츠를 잔인하게 찢으며 소리를 질러댔다. 그 모습을 본 내가 반응을 하지 않고 조용히 달래니까 오히려 어깃장을 놓았다.

"야, 미친년아, 너 화 안 낼래? 빨리 화내! 그래야 내가 두들겨 팰 거 아니야?"

어쩐 일인지 더욱 기세등등한 그가 방문 유리를 깨자 상처 난 손에서 새빨간 피가 줄줄 흘러나왔다. 어느새 방안에 새빨간 피가 튀었고 피를 줄줄 흘리는 그가 정신 착란적인 불안한 눈빛으로 나를 바라보는 그 순간 무서움을 넘어 공포에 부들부들 떨었다. 불안과 공포심을 견딜 수가 없어 친정에 급하게 전화를 걸었다.

택시를 타고 달려온 엄마와 숙이가 방바닥에 깔아놓은 이불에서 시뻘건 피를 보자 살벌한 기운을 감지했다. 엄마는 앞으로 다가올 어떤 위험이 도사리고 있음을 간파하고 나를 데리고 친정으로 돌아갔다.

새벽 두 시였다. 친정에 온 지 십 분쯤 지났을 때 절에 가 있던 시어머니가 찾아왔지만 나는 방문을 열어주지 않았다. 분별없이 독설을 퍼붓고 유치한 수단으로 정신적인 스트레스를 주다가 불리한 상황이 되면 서슴없이 무릎을 꿇고 손발을 비비는 비열한 시어머니 습관대로 천연덕스럽게 말했다.

"사돈님네, 우리 광식이가 잠깐 얼이 빠졌나 보네요. 그 애가 본마음은 그게 아닌데 잘해보자고 하는 놈이 깜빡하고 그 순간에 휙 돌았나 봐요. 애야, 마음 풀고 집에 들어오거라."

엄마는 걱정스러운 표정을 지으며 대꾸했다.

"일단 오늘은 돌아가세요."

"다 잘살아보려고 이런 일도 겪고 저런 일도 겪고 하는 것인 기라."

"내가 설득해 볼 테니, 돌아가서 기다려보세요."

시어머니는 돌아갈 생각을 하지 않고 방에 있는 나에게 들으라고 더 크게 소리를 쳤다.

"결혼은 일륜지 대사인데 한번 결혼하면 그 집안 귀신이 되어야지. 나는 이 결혼하기 전에 혼인 굿도 했어. 우리 광식이 잘 살게 해달라고 미리 조상신한테 빌었어."

"알았으니 그만 하세요."

엄마 목소리에 날카로움이 섞이기 시작했다. 시어머니는 아랑곳하지 않고 하고 싶은 말을 주저 없이 내뱉었다.

"참말로 사람 마음을 그렇게 모른 다냐, 내가 너를 며느리로 받아들이니까 우리 집 전 재산을 너한테 맡겨 놓았잖느냐."

"사돈, 그만 하세요."

"이렇게까지 비는데 너무 그러지 마라."

시어머니 목소리는 전에 없이 결연한 의지가 담겼다. 심술이 묻은 소프라노 톤이 아니었다. 방 안에서 난 아무 생각 없이 그저 멍하니 벽만 바라볼 뿐이었다. 광식과 나 사이에 회복되지 못할 상처는 깊고 시린 고통의 강물이 되어 흘렀다.

시어머니가 돌아간 후 술에 취한 광식이가 몇 번이고 친정에 되돌아와 대문을 요란스럽게 두드려 고요히 잠든 동네를 뒤흔들었다. 그는 소동을 말리는 엄마의 말을 무시하고 새벽 세 시까지 우롱하며 소란을 피웠다. 지친 엄마가 대문을 닫으려 하자 광식은 문 사이로 다리 한쪽을 걸치고 못 닫게 괴롭혔다.

광식을 간신히 어루고 달래서 돌려보내면 다음 날 다시 찾아왔다. 천연덕스러운 모습으로 변명과 사과의 말을 하며 다시는 소란피우지 않고 대화로 풀어나가자는 말을 늘어놓았다.

친정에서 하루 이틀 시간이 지나면서 냉랭한 공기가 집 안에 감돌았다. 엄마는 무슨 일이 생길 때마다 경이와 마주 앉아서 이야기하는 소리가 들렸다. 옆방에서 들려오는 소리에 귀를 기울였다.

광식의 폭언과 폭행으로 골치 아픈 엄마는 한숨을 내 쉬었고 그런 엄마와 마주 앉은 경이는 진지한 목소리로 말했다.

"엄마, 언니 문제는 우리가 해 줄 수 있는 것이 아무것도 없어요. 처음부터 뜻이 맞지 않더니 점점 더 어렵네요."

"이혼하겠다는 것을 억지로 말리고 있다."

"이혼해서 해결될 문제가 아니에요. 언니 문제가 하루아침에 생겨난 것은 아니잖아요. 솔직히 언제부터인지는 모르겠지만 난 언니에게 관심 없어요. 우리가 같이 언니 문제에 휩쓸리어 해결하려고 몰려다니는 것은 무조건 질색이에요."

"광식이가 정상이 아니야."

"결혼 한지 얼마나 되었다고 벌써 난리에요. 언니에게 또 심한 말을 해서 미안한데 사실 광식이 형부도 알고 보면 불쌍하고 착한 사람이라고 들었어요. 선이 언니 성격적인 부분에 난 신경 쓰고 싶지 않아요."

경이는 무관심한 척 잠을 자야겠다고 말하고 일어났다. 방안은 여전히 차가운 공기가 감돌았다.

"역시나 이상해. 평범하진 않아."

일어서면서 흘리는 말을 했다. 경이는 나에게 늘 삐딱한 태도와 시니컬하게 내지르는 말을 내뱉었다. 그리고 논리적으로 거둬들이는 말보다 너의 속마음을 꿰뚫고 있다는 말을 즐겨 했다. 그런 시야로 사람의 마음을 들썩이도록 만들었다. 그래서일까, 안타깝게도 경이와 나는 마음을 열어놓고 대화를 나누어 본 적이 없었다. 대화가 단절되어 불필요하고 소모적인 신경전이 이어지면서 집 안은 소리 없이 드러나지 않는 전쟁터였다.

친정집에서 보내는 하루하루가 가시방석에 앉은 듯 불편했다. 며칠 뒤 엄마는 동네 사람들을 불렀다.

"네가 고집이 있어서 남의 말을 안 듣는데 이럴 때는 어른들 말 듣는 것이 너한테 좋아. 걱정이 몰려올 때는 모래 위에 손가락으로 글자를 써 본 다음 모래를 덮으면 다시 백지로 돌아오는 거야. 그런 다음 하나님을 의지하고 일어서라고 했어. 네가 안 믿어도 할 수 없는 일이지만 곰곰이 생각해 봐라. 믿음은 냄비에 물 끓듯이 찰나에 생기는 법이여."

엄마 말이 끝나기 무섭게 옆에 있던 숙희 외숙모가 한마디 거들고 나섰다.

"한 번 시집을 갔으면 그 집에서 밥이 되든지 죽이 되든지 끝장을 봐야지. 이혼이 말이 쉽제. 그거 아무나 하는 거 아녀. 평생 죄인처럼 마음에 짐을 안고 살아야 하는 거여."

외숙모하고 같이 온 아주머니가 입을 보태며 거들었다.

"부부란 말이야, 자식 낳고 집을 사며 가구를 들여놓고 그러다 보면 세월 따라 흐르는 거여. 때로는 길몽도 꾸고 악몽도 꾸는 것이지 이번에는 악몽을 꿨다 하고 생각해요. 옛날에는 말이야. 얼굴도 못 보고 시집 장가를 갔어. 부모들끼리 혼사를 약속하고 너 시집가거라 하면 가야 했지. 그런데도 아들딸 낳고 칠십 평생을 잘 살아. 참 대단해."

유교 사상이 뿌리 깊이 박힌 시대였다. 다투지 말라, 물은 낮은 곳으로 흐른다, 바위를 만나면 몸을 나누어 비켜 가라, 등 공자의 사상으로 여자를 누르는 말이 쏟아져 나왔다. 귀에 들리는 소리가 마음으로 들리지 않아서 그저 하품만 자꾸 나왔다. 광식에게 돌아가라는 성화에 못 견딘 나는 친정집을 나와서 다시 돌아갈 수밖에 없었다.

"이럴 수가, 이럴 수는 없어."

둘째 숙이는 안타까움에 어쩔 줄 몰랐다.

"어찌 이 지경이 되도록 내버려 둘 수가 있어. 정말 해도 해도 너무한 사람들이야."

나는 앉지 않고 서 있는 숙이를 앉으라고 하고 무색한 표정을 지었다. 숱이 많고 풍성했던 내 머리카락은 푸석푸석하고 수세미 같았다. 얇은 속 쌍커풀 진 눈이 때끔하니 움푹 들어가 중병 걸린 사람의 얼굴빛이었다. 시어머니는 이런 내 모습을 보고 벌레라도 씹은 얼굴로 말했다.

"저 눈 좀 봐. 사람의 기운을 쏙 빼먹는 기분 나쁜 눈빛이야."

시어머니의 말은 소름 끼치도록 차가웠다.

"언니, 집에 가자. 이대로는 안 돼. 사람을 이 지경으로 만들다니 정말로 인정머리 없는 사람들이야."

자리에서 일어나는 숙이를 달랬다.

"앉아 봐. 요즘 나, 또 이상해. 음식 냄새도 싫고 잠만 자고 싶어. 또 임신한 것 같아."

"뭐라고? 어쩌려고 자꾸 임신이 되는 거야. 이렇게 사람을 함부로 대하는데."

숙이는 광식이가 자주 들른다는 술집에서 다른 여자를 품에 안고 희희낙락한다는 소문을 남편 석규에게 전해 듣고 정말 한심스러운 작자라고 생각했다. 생기있던 언니가 세상을 다 살아버린 사람처럼 넋을 놓아버린 모습에 가슴이 미어졌다.

"병원에 가보자. 건강을 회복해야지. 임신까지 했는데."

며칠이 지나 광식은 내가 임신한 사실을 알게 되었다. 그의 태도가 광기를 부리듯 돌변하기 시작했다. 임신한 내가 입덧하는 소리에 인상을 찌

푸리며 등을 돌리고 자는 척하다가 벌떡 일어나 다른 방향으로 가서 자는 모습을 보였다. 나는 그에게 무관심하게, 최대한 무관심하려고 애썼다.

몸과 마음이 아프고 지칠 대로 지쳐서 친정으로 가서 쉬겠다고 말하자 광식은 굳은 얼굴로 아무런 대꾸도 하지 않았다. 친정에 가서 쉬고 있던 이틀째 밤 열시. 술에 취한 광식에게서 전화가 걸려왔다. 전화를 받은 엄마가 다정한 말투로 광식을 달랬다.

"왜 그렇게 술을 마시는가? 어서 집에 들어가게나. 선이 임신해서 입맛이 없다 하니 과일이라도 좀 사다 주고 잘해주게나. 젊었을 때 서로 잘해야 행복하게 살지."

엄마의 말이 채 끝나기도 전에 광식이 말을 잘랐다.

"뭐요. 잘해줘요? 나한테 해 준 게 뭐가 있다고 잘해줘요. 허허허."

광식은 일방적으로 전화를 끊었다. 그 후 두 시간이 지나서 친정집 나무 대문을 쾅쾅 두드리는 소리가 들렸다. 광식이 구두를 벗어서 요란하게 두들겨 댔다.

"야, 이 쌍년들아, 왜 우리 엄마를 괴롭혀."

그가 갖은 욕설을 하기 시작했다. 친정집은 또 한 번 난장판이 되었다. 속수무책으로 속을 끓일 수밖에 없는 지경이었다. 술 먹고 행패 부리는 것은 그의 작전이었을까. 이웃이 부끄러워 대문을 열어주지 않았더니 밖에 있던 광식은 엄마에게 소리쳤다.

"손가락을 잘라 혈서를 쓰면 내가 진정할게."

엄마는 광식의 말에 대꾸했다.

"왜 내가 손가락을 잘라야 하나. 무슨 죄가 있다고."

그래도 엄마는 술김에 하는 말이거니 하며 이웃 시끄러우니까 대문을 열어주며 내가 있는 방으로 인도했다. 방 안으로 들어온 광식은 나를 보자 다짜고짜 머리채를 쥐고 사정없이 흔들어 댔다. 이것을 말리는 엄마와 나를 사정없이 구타했다. 신체 어떤 부위도 가리지 않고 주먹에 온 힘을 모아 구령을 부치며 마구 때렸다.

주먹으로 치고 발로 걷어차고 내 목을 졸랐다. 노쇠한 엄마와 연약한 임산부는 아무리 방어해도 당할 수밖에 없었다. 간신히 광식의 손을 피해 밖으로 나온 우리 모녀가 살려달라고 고함을 지르자 이웃 사람들이 달려왔다.

광식은 부엌에서 손잡이 달린 단단한 프라이팬을 들고 와서 유리를 마구 깨부수었다. 그러다가 마당에 몰려든 이웃 사람들을 보자 프라이팬 든 두 팔을 휘휘 저으며 마구 부수기 시작했다. 골프 치듯이 사정없이 사람들을 향해 유리를 날려 보냈다. 여자들은 겁에 질려서 꼼짝 못 하고 이웃집 아저씨의 힘으로 광식을 겨우 밖으로 끌어냈다.

악몽 같은 밤에 살인적인 범행을 당하고 도덕과 윤리가 땅바닥에 떨어진 최악의 금수한테 시달렸다. 이 엄청나게 기막힌 상황에 대해서 가족과 이웃이 모두 분노했고 욕설과 구타에 대해 억울했고 불행과 비극에 비통했다. 이웃에게 죄송했고 수치스러웠다.

폭행과 만행을 그대로 내버려 둘 수 없는 숙이가 앞장서서 광식을 고소했다. 광란했던 그는 개와 돼지보다 못한 한 마리 포악한 짐승이었다. 살

인마보다 더 지독한 악마였다.

"자궁 외 임신입니다. 큰 병원에 가서 수술받으세요."

의사의 말이었다. 산부인과에 간 나는 자궁 외 임신을 진단받았다. 나에게만 엄혹한 현실은 풀리지 않는 매듭이 되어 계속 이어졌다. 허술하고 약한 나의 자궁을 탓해야 하는가? 어디가 잘 못 되었는지 섬뜩했다. 모난 돌에 정 맞는다고 자궁 외 임신이 된 나는 며칠 동안 꼼짝없이 누워 있었다.

하혈하고 생명의 위협을 느끼는 찰나의 순간에도 광식은 자기 허락 없이 병원에 가지 말라고 괴롭혔다. 이틀 후 병원에 간 나를 찾아온 광식은 임신중절 수술을 한다고 난리를 쳤다.

내 너를 작살 내겠다는 오기가 가득한 얼굴로 거품 문 입술은 뒤틀어지고 벌겋게 부릅뜬 눈에는 살기가 감도는 이 남자가 내 남편이구나. 병실에 찾아온 광식에게 나는 된 숨을 몰아쉬며 서랍에서 종이 한 장을 꺼내 그의 손에 들려줬다. 그러나 그의 눈동자는 산만하게 이리저리 움직이기만 할 뿐 종이에 눈길을 주지 않았다. 오히려 나의 미적이는 행동에 부아가 더 치밀어 오르는지 소리를 질렀다.

"무슨 일인지 얼른 말을 하라고!"

투박한 목소리에 날 선 감정은 사람을 주눅이 들게 하고 기를 눌렀다. 결혼한 부부였나 하는 의구심이 솟구쳐 올랐다.

"이걸 보세요. 그렇게 성급하게 함부로 행동하지 마시고 찬찬히 읽어보세요."

그제야 광식이 종이에 눈길을 주었다. 자궁 외 임신을 하고 수술받아야 한다는 내용을 확인하고 그의 눈에 당혹감이 스쳤다. 그는 물을 벌컥벌컥 마시며 끓어오르는 화를 가라앉히려고 버둥거렸다.

그런 모습의 광식에게 연민의 감정이 느껴졌다. 자신도 어쩌지 못하는 불행의 씨앗을 안고 사는 남자, 어릴 때 앓았던 간질병 트라우마가 확 하고 이물감처럼 솟아올라 그 씨앗이 발아되고 커질수록 알 수 없는 정서적 괴리를 고통스러워했다. 그것은 광식의 앞길을 방해하는 올무가 되어 분별을 잃고 판단력을 흐려놓았다. 스트레스를 풀어야 했던 그는 미옥이가 있는 술집 출입을 하면서 그 순간만큼은 세상 모든 것을 잊고자 갈망했을지도 몰랐다.

"처음부터 나를 속이고 위장 결혼했어. 임신할 때마다 말없이 혼자 아기를 떼버리고. 이건 사기야. 사기."

광식은 종이를 집어 던지며 소리쳤다. 잠시 후 그가 다시 거칠게 입을 열었다.

"애 낳기 싫어? 왜 임신할 때마다 유산인지 일부러 떼어내는지는 모르지만 어디 이유라도 좀 말을 해. 이게 무슨 망칙한 일이야. 그냥 두진 않겠어."

나는 그가 집어던진 종이를 주워들고 손바닥으로 다림질했다. 한점 흐트러짐 없는 나의 태도가 그의 분노를 부추겼다.

"말을 해 당장! 날 무시하는 거잖아. 참으로 당신이라는 여자는 속을 모르겠구만."

무겁고 비통한 침묵이 흘렀다. 내 몸은 여자로서 망가지고 걷잡을 수 없는 상태가 되었으나 오히려 마음 한편에서 후련함이 일어났다. 광식의 눈길이 나의 위아래를 거칠게 훑어내렸다. 앙상하고 수심 가득 한 내 얼굴이 광식의 눈에 들어갔다. 잠시 뒤 광식은 내 손을 잡으려고 두 팔을 앞으로 내밀었다. 그리고 다소 안정된 목소리로 말했다.

"솔직히 나는 이혼할 생각 없어!"

나에게 내밀었던 팔을 위로 들어 올리며 자신의 앞머리를 뒤로 넘겼다. 콕 집어서 말을 하지 못하는 광식의 불분명한 태도를 보았다.

"내가 도대체 왜 이러는지 나도 알 수가 없다고!"

광식은 알 수 없는 히스테리와 분별력 없는 행동을 보이면서 고통당하는 모습이었다. 이미 어른인 그가 자기 일을 스스로 해결하지 못했다.

"당신이란 여자, 뻣뻣하고 차가워 보이지만 따뜻한 온기를 느낀다고. 당신이 명품 혼수품이라고 말했을 때 난 속으로 무척 뿌듯해했었어."

여전히 꼿꼿한 나에게 광식이 할 말이 있다는 듯 계속 말을 걸었다. 미동도 하지 않고 대답 없는 나의 침묵이 광식을 견딜 수 없게 만들었다.

"애 낳기 싫은 거야?"

그는 어깨에 힘을 주며 눈을 부라렸다. 아무 말 없는 나를 향해 계속해서 다그쳤다.

"다른 사람들이 뭐라 하는지 알아?"

그는 최대한 감정을 자제하는 듯한 목소리였다.

"당분간 어머니 화가 풀리고 어느 정도 누그러지면 무슨 조치가 있을 거요. 어머니가 이틀째 밥도 안 먹고 물 한 모금 마시지 않는데 내 마음도 편하지 않아."

내가 고개를 돌려서 광식을 바라보자 그 순간 나의 눈과 그의 두 눈이 사납게 부딪혔다가 어긋났다. 갑자기 그가 태도를 바꾸며 눈물을 보였다.

"엄니가 스물아홉 살에 과부가 되어 남자관계도 못하고 너무 불쌍해. 흐흑."

광식이 나를 붙잡고 울었다. 기가 막힌 이 순간, 도망이라도 가고 싶었다. 어이없는 상황은 이미 부부 관계가 끝자락에 이르렀다는 체념과 통한으로 느껴지며 냉정하게 얼어붙었다.

광식은 찔러도 눈 한 번 깜짝 안 하는 나의 침착함이 목을 죄고 담금질하는 것 같아 갑자기 얼굴에 열이 훅하고 올랐다. 굴욕과 모멸감을 다져 누르며 참아내려고 안간힘을 쓰는 그의 얼굴을 물끄러미 바라보던 나는 천근의 침묵을 깨며 입을 열었다.

"이제 끝내요."

다그치는 그의 말투와 거친 숨소리가 이물감이 되어 거부반응을 일으켰다. 지친 내 가슴은 더 세게 닫혀 버리고 말해서 무엇 하나 해명되는 일이 하나도 없었다. 첫 아이를 유산하고 자궁 외 임신까지 연이어 불행한 일이었다.

"남들 눈도 생각해야지. 혼자 잘났으면 얼마나 잘났다고 도도하게 굴어?"

냉소적인 광식의 말에 차라리 입을 꾹 다물었다. 나를 바라보는 그의 눈길이 섬뜩하게 느껴질 때가 한두 번이 아니었다. 맺고 끊음이 분명하지 않은 그와 주고받는 말에도 나의 신경 줄이 가시 돋치게 하고 모든 에너지와 기력이 빠져나갔다.

"남의 말 듣고 오락가락하는 사람이 가장 싫어요."

날카롭게 콕콕 찍어내듯 지적하는 내 말에 광식은 부아가 치밀어 오르는지 물을 벌컥벌컥 들이켰다. 그런 나의 태도가 불만이었던 광식이었다.

"우리 둘만 좋으면 뭐하냐고!"

그는 한숨도 냉소도 아닌 듯 얼버무리는 말을 토했다. 그 순간 숙이가 들려준 말이 떠올랐다. 광식은 김성곤과 즐겨 술자리를 했고 김성곤은 떼어먹으려다 실패한 곗돈에 앙심을 품고 계속해서 광식에게 충동질을 돋구었다.

"인정이라고 눈꼽 만큼도 없는 년이여. 기다려 줬으면 돈 달라고 말 안 해도 줄 것 인디 법으로 하자고 해서 이렇게 마음이 상해버렸지. 그 년한테 고소당한 사람이 한 둘이 아녀. 앞집, 뒷집 그년이 다 고소해서 동네가 시끄러웠잖아. 광식이 자네 살아보니 어때?"

"초반에 기를 꺾으려고 아무리 눌러도 안 되어요."

"찔러도 피 한 방울 안 나오는 년이여. 순덕 엄마 아들 경식이가 경찰관이잖어. 웬만해서 좋게 풀어가라고 경식이가 말해도 소용없었어. 법, 법 하는데 지 년이 잘났으면 얼마나 잘났다고 아주 기고만장했지. 아주 악종이라고 하더만."

"저도 아주 골치가 아프게 생겼어요."

"기왕 마음먹은 거 아주 매운 맛을 보여줘."

다음 날 병원을 찾은 광식은 대뜸 나에게 험악한 말을 퍼부었다.

"네년 들 몇 년이나 사기 쳐서 알겨먹고 살았나. 너 원래 악질이라더라. 사람들이 이구동성으로 하는 말이야. 너 나를 우습게 보고 있지? 너네, 집 엎어 버릴 테니 각오해."

야비하기 그지없는 광식의 모함으로 속이 부글부글 끓었다. 광식에게서 수술동의를 받아야 하는데 약을 올렸다. 계속해서 평소에 자기가 벗은 옷을 받아주지 않았다고 엉뚱한 말을 떠벌려댔다. 그의 행동을 참아내며 눈싸움을 하다가 이내 고개를 돌렸다.

"살고 싶지? 살고는 싶지?"

광식의 말이 메아리치며 귓가에 울렸다. 약 올리듯 부화를 돋구며 평생 잊히지 못할 말을 내 가슴에 심어놓았다. 속으로 꾹 참고 이를 악물었다. 수술 끝나면 이혼하겠다는 결심을 다시 했다.

나는 혈관이 희미하게 보이고 약해서 잘 터졌다. 수혈해야 하는데 잡는 곳마다 터지고 잡아도 안 들어가고 두꺼운 바늘로 바꿨는데 소름 끼치도록 아팠다. 겨우 수혈하고 왼쪽 링거 한 개와 오른쪽 링거 두 개 꼽고 소변줄에 피 주머니를 차고 누워서 하늘만 바라보았다. 이것이 꿈인가 생시인가 싶었다. 밤새도록 잠 못 자고 아파하는 억울한 내 가슴에서 피 냄새가 났다.

수술 후에도 계속 어지럽고 구역질을 하면서 토하며 고통스러워하는데 광식은 못마땅한 얼굴로 빈정거렸다.

"살고 싶지? 살고는 싶지?"

광식의 음흉한 음성이 귓가를 맴돌며 불편한 심기를 돋구었다.

링거와 피 주머니, 소변줄을 빼고 아침부터 미음을 먹기 시작했는데 목이 부어서 안 넘어갔다. 피를 너무 많이 쏟아서 온몸에 기력이 모두 빠져나갔는지 어지러웠다. 밥 먹고 걸을 수 있을 때까지 무척 힘들었다.

하필 자궁 입구 부분 제일 얇은 난관에 착상이 되어 찾기도 힘들었고 빨리 대처하지 못해 나팔관이 터져버린 거라고 의사가 와서 말해주었다.

내 인생에 참으로 극적인 순간이었다. 축복받지 못한 임신은 스트레스가 되어 유산의 아픔으로 이어지고 좋지 않은 일이 계속 터지고 또 터져서 이러다가 진짜 죽는 거 아닐까. 라는 생각이 머릿속에서 뱅글뱅글 돌았다.

내 몸이 자궁외임신으로 인한 유산 때문에 그렇게 힘든 거라고는 전혀 몰랐다. 시어머니와 광식에게 당하는 고통이 헤아리기조차 버거웠기 때문이다. 집에 돌아와서 보니 몸에는 피멍과 수술 자국이 훈장처럼 남았다.

보이는 것보다 보이지 않는 아픔이 내게는 더 컸다. 왜 나에게 이런 어둡고 저주스러운 고통이 생기는지 대답 없는 원망을 했다. 아픔을 이겨내려고 아프지 않은 듯 부지런히 움직였지만 매일 밤 피눈물을 흘렸다.

해가 지고 어두운 밤이 오면 나는 아무도 모르게 눈물을 흘렸다. 한겨울 추위에 오들오들 몸을 떨었다. 아무리 싸매 봐야 따뜻해지지 않는 핏기 잃은 손을 나 혼자서 감싸 안았다.

아기를 잃고 온 세상을 도둑맞은 듯 허전했다. 가져 본 적 없는 사람은 잃어버린 하나가 억울했다. 하나를 가진 그날이 처음 꿈꾸기 시작한 날이었고 그것은 함부로 작은 것이 아니었다.

가져보지 못한 사람은 손아귀에 든 것이 언제이고 사라질 줄을 알고 있다. 주먹보다 보자기가 익숙한 손은 쉽게 손을 편다. 세상이 제 것을 영원히 주지 않고 잠시 맡길 뿐이며 두 개 중 하나를 내줘야 내 것이 남음을 알기에 스쳐 간 소유에도 충분히 의미 있다.

빼앗겨 본 자만이 놓지 않기 위해 움켜쥔 두려움을 알고 있다. 움켜쥔 손은 곱사등이다. 힘줄은 이미 시퍼렇게 질렸고 팽팽한 손등 위로 우그러진 뼈는 기형이다. 단 하나도 놓지 않으려는 손은 죽어서도 주먹이다. 시간에 삭은 동그란 주먹 뼈 안은 텅 빈 허공뿐이다.

갖지 못한 손이 날개를 펴고 마음대로 태양을 가렸다 풀며 자유롭다. 활짝 핀 손만이 타인의 손을 잡는다. 펼친 손이 낮과 밤의 운명을 쥐었다. 손바닥을 마주한 무해 한 손만이 무엇이든 구하는 기도를 하고 신의 응답을 받는다. 기적을 낳는 손은 펼친 손이다. 덜 가졌다고 해서 실패한 것이 아니기를 소망한다.

시어머니에게 기센 며느리가 되어 어느새 앙큼한 요물로 보이는 내가 임신하기 전까지 하루가 멀도록 자주 들락거리던 시누이들도 한동안 발길을 끊었다.

하루도 평안한 날 없이 볶아치는 시어머니의 일상을 광식은 모른 척했다. 무당 굿을 한 일이나 대처승 마누라를 따라서 절에 다니는 일은 아무도 침범할 수 없는 영역이었다. 절에 있는 시간이 많을수록 자신에게 시들해지니 오히려 더 좋아했다.

"몸을 따뜻하게 하고 안정을 취하면 회복이 빠를 겁니다."

친정에 간 나는 의사가 하는 말을 듣고 며칠 동안 꼼짝없이 누워 있었다. 으스스한 슬픔의 감정이 오한처럼 차갑게 떨렸고 세상에 버려진 것 같은 외로움과 소외감이 몰려왔다. 그것은 내 앞길에 넘지 못할 높은 산이되어 견딜 수 없는 무게감으로 다가왔다.

아버지에 대한 그리움과 애틋한 심정이 홀로 남은 엄마에 대한 연민으로 번질 무렵 나 자신의 곤란한 처지가 더해져 한없이 슬펐다. 세상사 모든 일이 한꺼번에 무너지고 어긋나고 있다는 일말의 불안감에 힘없이 고개를 흔들었다.

"밥 한술 먹어라."

힘없이 늘어진 어깨를 하고 있던 내가 고개를 천천히 들었다. 눈가에 젖어드는 뜨거운 한줄기 눈물방울이 발 등에 떨어졌다. 엄마가 끓여 온 미역국을 보자 입맛이 당기지 않았지만 수저를 들었다. 아기를 낳지 않고 먹어야 하는 미역국을 보니 슬픔이 목구멍에 차올라 목이 멨다.

"이대로는 못살 것 같아요."

"네가, 어미 구실이나 제대로 하겠느냐 말이지. 시집 식구들 앞에서 나는 죽은 사람임을 인정하고 실천해야지. 속이 썩어도 참고 십자가에 매달려 죽음으로 나아가겠다는 마음으로 기다려야지. 그래야 가정이 안식하는 곳이 될 수 있는 거야."

계속해서 엄마는 한숨 섞인 목소리로 말했다.

"집안에 아들이 없어서 모진 세월, 그 세월 속에서 많이 울었고 많이 아팠었다. 말하면 뭐 하나 모두 제 고집대로 사는 것을."

엄마가 길게 다시 한숨을 내 쉬었다. 처량한 눈빛으로 나를 보며 말한다.

"본디 네 심성이 곧지만 여자가 굽힐 줄도 알아야지."

뼈가 으스러지는 굴욕과 모멸에도 대나무처럼 곧을 수만 있다면 살아낼 수 있을까. 풀잎은 상처를 내야 향기가 난다고 말들 하지만 상처받은 사람은 고통스러울 뿐이었다. 경험하지 말아야 할 일을 겪고 나서 이제는 이라는 의구심과 불안이 따랐다. 친정의 불운도 한몫했다.

인기척이 들려 나가보니 최 보살이 찾아왔다. 최 보살 얼굴을 보자마자 울컥 치밀어 오르는 역한 감정은 거부감이 되어 훅 올라왔다.

"무슨 일로 찾아왔어요?"

반갑지 않은 얼굴로 엄마가 혼자 온 최 보살을 쌀쌀맞게 대했다.

"선이가 고통당하는 거 보니 안타까워서 왔네."

날이 선 가시 박힌 말투에도 최 보살은 혼잣말인 양 흐리게 얼버무리며 방안으로 들어섰다. 그리고 나를 향해 대뜸 할 말이 많은 듯 바라보았다.

"애초에 광식이를 남편으로 선택한 자네 잘못이야. 그건 어쩔 수 없이 감당해야 할 몫이야. 그건 그렇고 내가 아무리 생각을 해 봐도 방법이 없어. 굳이 방법이라고 한다면 언제 끝날지 모르는 숱한 악순환을 잘라내야 하는 거밖에. 광식이도 수남이도 알고 보면 나약하고 불쌍한 사람들이야."

최 보살은 수남네가 겪는 고통을 가고 오는 세월 따라 함께 하며 절박한 방법으로 천지신명과 부처님께 빌어보았으나 달리 방법이 없었다고 말했다.

살얼음판 위를 걷는 것처럼 위태롭게 지내온 불안한 하루하루가 이제부터 한동안 더 차갑게 얼어붙을 것 같다고 덧붙였다. 그리고 최 보살은 수남과 광식의 깊은 속 이야기를 들려주었다.

광식의 트라우마

9

광식은 초등학교 일학년 때 작은 키에 숫기도 없어 이래저래 주눅이 들어있었고 친구들은 그를 놀리기 일쑤였다. 쉬는 시간에 철봉 대에 매달려 혼자 놀고 있는데 한 녀석이 비키라고 시비를 걸었다.

"네가 뭔데?"

"이 자식이 까부네."

"야, 임마. 나랑 한판 붙어볼래?"

몇 마디의 말다툼을 했다. 한판 붙자고 한 건 광식이였다.

"그래. 잠깐 기다려."

그놈은 잠깐 기다리라고 하더니 제 패거리를 대여섯 명이나 데리고 나타났다. 비겁했다. 그중에 한 명이 던진 돌에 머리를 세게 맞은 광식은 피를 흘리면서 기절을 했다. 그날 이후 돌에 맞은 충격에 의해서 간질병을 앓기 시작했다.

아홉 살 광식은 저녁 여섯 시가 되면 발작의 고통이 나타났다. 멍한 표

153

정으로 눈꺼풀을 가볍게 깜빡이다가 의식을 잃은 듯이 누워버렸다. 괴성을 지르며 몸을 부들부들 떨었다. 그리고 입맛을 다시듯 입술을 움직이기 시작하더니 거품을 물었다.

서서히 온몸이 뻣뻣해지며 몸 전체가 격심하게 흔들렸다. 그렇게 시작하여 차츰 중증으로 치닫고 환각이나 망상에 사로잡혀 누군가가 자신을 쫓는 듯한 불안한 상태에 사로잡혔다. 혼자서 중얼거리거나 때로는 울고 웃고 혹은 난폭한 행동을 보였다.

한 달에 두어 번 발작을 일으키다가 날이 갈수록 증상이 심해져 매일 저녁이 되면 증세가 나타났다. 발작이 일어난 다음 날 그는 심한 두통이나 피로감을 느낄 뿐 전날 일어났던 일을 전혀 기억나지 않는다고 말했다.

"간질은 뇌 질환입니다. 신경세포가 과도한 흥분 상태를 유발함으로써 반복적으로 발생하는 뇌 질환입니다. 뇌에서는 서로 연결된 신경세포들이 미세한 전기적인 신호를 통해 정보를 주고받는데 정상적인 전기 신호가 비정상적으로 잘못 방출되면 발작이 나타납니다."

병원을 찾은 수남이 의사 말을 듣고 있었다.

"병을 고칠 수 있는지요?"

"여러 가지 약을 써서 치료하면 호전이 되지요."

수남은 병원 치료로 광식의 간질병이 나아지지 않자 최 보살을 찾아갔다. 최 보살은 마을 사람들이 무당이라고 불렀고 집 대문에는 대나무가 걸려 있고 그 나무 끝에는 펄럭이는 붉은색 깃발이 달려 있었다.

집 앞으로 보이는 강변 길 끝자락에 굵고 커다란 소나무가 서 있는데 최 보살은 나무의 굵고 커다란 몸통을 한 바퀴 휘돌아 쓰다듬으며 신이 오고 갈 수 있는 오색 천을 달아놓았다. 그리고 이 당산나무 아래에서 다양한 굿을 행하며 마을의 길흉화복을 관리했다.

"죽음은 예기치 않은 순간 사람을 빨아들이는 거야."

수남이 넋이 나간 얼굴로 멍하니 강물을 바라보고 있자 옆에 있던 최 보살이 말하며 흰 종이에 빨강 색 물감으로 그림인지 글인지 알 수 없는 내용을 적은 부적을 만들었다.

수남은 광식을 데리고 이른 새벽 해가 뜨기 전 최 보살이 이끄는 대로 험한 산길을 약 백 리를 걸어 각시 굴에 도착했다. 각시 굴은 용하다고 소문난 기도 터였다. 앉은뱅이가 각시 굴에서 흘러나온 물을 마시며 백일기도를 해서 일어서게 되었다는 동네 사람들의 말이었다.

그곳에는 두 팔을 벌리고 끌어안아도 모자라는 삼백 년 된 굵은 소나무가 적당히 에스 자로 굽었고 나무껍질은 악어등가죽 모양으로 윤기가 흘렀다. 그 옆으로 암자가 있었는데 그곳엔 불상이 모셔져 있었다. 무엇 때문인지 사무치게 애절한 느낌을 주었다.

암자 뒤에 있는 각시 굴은 바위에 동굴처럼 파여 들어가 돔의 모양을 하고 그 밑바닥에서 흘러나온 물이 고여서 물웅덩이를 만들었는데 그 물은 맑아서 병을 고치는 약수로 사용했다. 광식의 간질병을 치료하기 위해 각시 굴에서 백일기도를 올리는 최 보살이 그곳에서 촛불을 밝히고 경을 읽었다.

어린 소년 광식은 졸음이 오면 삼백 년 된 굵은 소나무 주변에서 놀다가 암자에도 들어갔는데 가부좌상을 보면 저절로 몸이 움칠해졌다. 무료하고 따분한 광식은 각시 굴 옆에 있는 소나무 곁으로 가서 자신보다 두 배 이상 굵은 나무를 발로 차기 시작했다. 서너 번 발길질하던 어느 순간 광식의 코에서 코피가 터졌다.

어느 날 암자에서 우웅우웅 하면서 탁탁 치는 이상하고 괴이한 소리가 들렸다. 최 보살은 광식에게 소리가 나는 이유를 알아보게 했고 광식은 무슨 소리인지 알아보려고 암자로 가서 문을 열었다. 그 순간 광식은 그 자리에서 얼어붙었고 발작하듯 기절하며 쓰러졌다.

암자 문을 연 순간 암자 안을 가득 채운 수만 년 묵은 암구렁이가 용이 되어 하늘로 승천하려고 몸부림을 쳤다. 암구렁이의 눈빛과 광식의 눈빛이 문을 연 순간 마주치면서 강한 전기자극을 받은 광식은 그 자리에서 의식을 잃었다.

광식이 쓰러지며 내는 소리를 듣고 놀라서 허둥지둥 달려온 수남과 최 보살은 광식을 보면서 죽었다고 생각했다. 최 보살은 수남에게 오른손 식지를 깨물어 피를 내라고 시켰다. 다급해진 수남은 식지를 깨물었고 그곳에서 새빨간 피가 흘러나왔다.

"숨골을 뚫을 때는 이 방법이 최고야."

최 보살은 수남의 손가락에서 흐르는 피를 광식의 입안으로 넣어주었다. 구렁이를 보고 충격을 받아 전율과 공포로 쓰러진 광식을 살리고자 몸부림을 쳤다. 광식을 이대로 죽게 할 수 없었다.

약수를 떠놓고 밤낮으로 촛불을 밝히고 절을 하더니 최 보살은 약수한 대접을 마시고 정령이 깃든 굵은 소나무 아래에 잠시 앉아 있다가 깜빡 잠이 들었다.

"까릉 까그르릉"

푸른빛, 누른빛, 붉은빛, 흰빛, 검은빛의 오색 실을 은은하게 감은 비둘기보다 작은 저승 새가 울었다. 그로테스크하거나 무섭지 않은 저승 새가 최 보살의 귀에 대고 속삭였다.

"악귀가 달라붙었어."

"살려주세요. 이번 한 번만 살려주세요."

최 보살은 알아들을 수 없는 중얼거림을 기도처럼 하고 있다가 갑자기 눈을 부릅떴다. 극약 처방을 생각해 낸 최 보살은 절규하며 괴로워하는 수남에게 말했다.

"어차피 죽은 목숨인데 마지막으로 아편을 써봅시다. 죽으면 암자 뒤에 묻고 저승 새가 데려가게 보내 줍시다."

수남의 눈빛은 결연했고 선택의 여지가 없었다. 광식의 영혼을 대신해 줄 돼지를 잡아서 저승 새에게 바치는 굿을 진행했다. 그 후 보름이 지난 어느 날 광식은 차츰 의식이 돌아와 구사일생으로 살아났다. 그 후 광식은 수남에게 빚진 인생이 되어 노예처럼 살고 있다고 최 보살이 전했다.

주인이 주인일 때는 자기밖엔 모르고 노예가 각성하는 순간부터 노예는 자신의 참된 실상뿐 아니라 주인의 실상이 얼마나 허망한 것인가도 함께 알게 된다는 헤겔의 주인과 노예의 변증법은 각성한 노예가 어떻게 진정한 주인과 자유인이 되는지를 보여준다.

수남과 광식의 관계가 주인과 노예의 관계라는 사슬을 풀고 굴레를 벗어나 자유인으로 다시 탄생하는 순간만큼 수남에게 두려운 것이 있을까? 광식은 마음속으로 이렇게 외치고 있을지도 몰랐다.

'남자인 나여 두려워 말라. 바람처럼 자유로워 져라.'

최 보살이 들려주는 말을 듣고 세상에는 저마다 말 못 할 사연을 가진 사람들이 많다는 것을 알게 되었다. 칡넝쿨처럼 얽혀 온갖 복합적인 감정을 불러일으키는 존재였던 광식과 수남은 때로는 슬픔이나 연민이었다.

광식의 머릿속에서 떠돌아다니는 생각을 용기 내어 말하고 속마음을 드러냈을 때 놀림당하고 비난받았던, 애써 외면해왔던 기억은 수남에게 받는 억압으로 누르며 그를 소리 없는 눈물을 흘리게 했었다.

"남자답지 못한 놈."

약한 모습을 보이면 울고 있는 어린 광식에게 수남이 다그쳤다.

"고추 떨어진다. 그리 연약해서 남자애 맞느냐."

사내답지 못하다는 딱지가 붙으면서 비난당하고 바뀌기를 요구받았다. 어느새 자신의 모습에는 얼마나 많은 억압과 눈물이 얽혀 있었는지 남모르게 한숨을 지었다.

광식은 수남에게 어떤 방법으로든 안심을 시키려고 끝없이 증명해야만 했고 차마 일일이 풀어놓기도 막막한 크고 작은 폭력과 그 폭력을 용인하는 두 사람만의 동질감이 스트레스가 되어 문득문득 자괴감이 들면서 정말 그렇게 해야만 하는지 의문이 들 때가 많았다고 하소연했다.

어린 시절부터 지금까지 아픔과 두려움, 불안을 언어로 풀어내고 나누는 것으로부터 자연스럽지 못했고 자신이 흘리는 눈물 한 방울은 낙인처럼 따라다닐 것이란 불안감에 시달리는 광식이었다.

"나는 나로 살고 싶다."

억압의 응어리와 가두고 있던 무수한 질타들을 안고 살아가는 광식에게 미옥이는 순전한 섹스 상대가 아니었을까. 미옥에게 느껴지는 무표정한 얼굴과 비어있는 듯한 분위기와 비뚤어진 입술, 그리고 뻣뻣한 머릿결과 억센 턱이 광식이 좋아하는 취향이 아니었고 아무리 관계를 해도 관계의 단절만 확인되는 꼴이었다는데 알 수 없는 것이 남녀 관계라지만 그와 결혼한 나를 품에 안으면 따스한 온기와 깊고 부드러운 살의 향기가 나고 생명을 잉태하는 어머니의 품속을 느낀다고. 그러나 결혼으로 만나 사랑의 빛나는 축복은 어디에도 찾아볼 수가 없는 이 현실이 암울했다고. 왜 그러는지 그는 도무지 이유를 알 수 없다고 말했다.

그악하고 거친 여자는 그도 싫어했다. 하지만 수남에게는 억척 어멈도 있고 막달라 마리아도 있고 남몰래 우는 연약한 여자도 있었다. 수남에 대한 그의 연민은 어쩌면 여자에 대한 두려움에 기반하고 있을지도 몰랐다. 두려움을 느끼게 하는 존재 앞에서 비겁하게도 무서워했고 작아졌다. 고분고분해지고 몸을 낮추었다. 자기 뜻을 주장하지 않았고 수남의 편이 되고자 했었다.

선택의 여지 없이 그는 남자로 태어났고 남자의 인생을 살아왔다. 자기를 낳아준 어머니와 아내인 나 사이에서 갈등과 대립의 슬픈 현실을 겪으며 달아나고 싶어했다. 바람처럼 구름처럼 경계가 없는 곳으로.

어쨌거나 그는 소심한 남자였다. 속된 말로 소심한 놈이라는 딱지를 떼고 싶어서 어쩌면 센 남자에 대한 어머니의 기대치를 남모르게 마음 깊숙이에 숨기고 있을지도 몰랐다.

수남은 평소에 걱정이 많았다는데 무슨 일이 일어날 것을 대비해 라면과 테이프, 초 등을 가방에 넣어 두고 언제라도 들고 나갈 수 있게 준비해두었다. 밖에 나갈 때는 어떤 문이든 잠그고 나면 일곱 번을 확인하고 가던 길을 돌려 가스 밸브를 다시 점검하는 것은 예삿일이었다. 기쁜 마음이 혹여 나쁜 일을 부를까 좋은 일에도 걱정을 곁들이는 그녀는 걱정을 삶의 초석으로 삶았다.

가늠하기 어려운 수남의 걱정 임계치는 무한대가 아니었을까. 한밤중 울리는 전화벨에 가슴이 철렁하는 일부터 아무리 사소하고 작은 일에도 걱정은 줄어들지 않았다.

광식이 돌에 맞아 쓰러졌을 때부터 수남은 365일 준비 태세를 취하였다고. 언제든 출동할 수 있게 간단한 옷과 물건을 챙겨 방 한구석에 보따리를 놓아두었다.

언젠가 점쟁이가 한 말을 가슴에 담고 살아온 수남은 64세에 죽는다는 점쟁이의 예언이 이뤄지지 않았다며 매일 아침 눈을 뜨면 살아있네 하고 다행스러워했다. 65세의 나이가 지나도록 살아있어 다행인 오늘도 팔자에 있을 법한 온갖 걱정을 했다.

아주 맑고 화창한 겨울 어느 날 수남의 집에 간 최 보살이 수심 가득한 얼굴을 한 수남에게 물었다.

"궁금하고 알고 싶은 것이 뭐야?"

"무슨 일이 닥쳤을 때 대비하고 내가 원하지 않는 일이 일어나는 것을 막기 위해서지요."

"글쎄, 일어나지 않은 일로 무슨 일이 생길까 봐 미리 고통받는 것은 부질없는 짓이야."

최 보살은 쌀을 한 줌 집어 손바닥에 올려놓고 점을 봤다.

"미래는 신령님만이 하는 일이야. 그런데 분명한 건 신령님이 나를 돌보아준다고 믿으면 돌보아 줄 것이고 못 믿으면 계속 불안한 거야."

최 보살은 수남이 건네준 박카스를 한 번에 들이켜고 말했다.

"올가미를 목에 걸고 살아가니 업보라고 하는 것이여."

최 보살은 입안에서 혼잣말하듯 중얼거렸다.

"업보를 푸는 것도 메는 것도 다 자기가 깨달아야 하는 것이여. 놓아야 하는 것을 못 놓는 것도 다 팔자소관이여."

혼잣말하는 최 보살의 옷자락을 잡으며 수남이 말했다.

"무슨 말인지 귓구멍이 막혀 당췌 알아듣지를 못하는데 쉽게 말해주면 좋것소."

최 보살은 잠시 먼 눈길을 끌어당겨 수남을 지그시 바라보았다. 그리고는 고개를 절레절레 흔들었다.

"강가에 있는 모래는 땅을 떠나지 않으며 물을 따라 흐르고, 물을 거슬러 흐르지 않는답니다."

"알아듣기 쉽게 말해주면 좋겠는데요."

"집착을 버려야 당신이 살 수 있다는 말이요."

"그게 또 무슨 말이요?"

"순리대로 살아야지 물을 거슬러 오를 수는 없는 거요. 세상에 내 것이 없는데 자식을 내꺼 라고 박박 우기면 내 것이 되나요?"

"부모 자식 간에 뭐가 있남요."

"피골이 상접 한 자네 모습이 싸리나무 꼴이라. 사람은 제각각의 팔자 대로 사는 게야. 자식에게 얽매인 집착을 버리면 세상이 밝아지고 근심 걱정이 덜어질 것을."

최 보살의 말에 수남은 가슴에 깊숙이 맺힌 응어리가 뜨거운 화가 되어 올라왔다.

"광식이 아부지는 수만 가닥의 올가미를 목에 걸어놓고 나하고 광식이 까지 한동아리로 묶어서 결박해놓고 간 이여."

결박은 기어이 수남의 목까지 친친 감았다. 자신이 입은 옷과 신고 있는 신발까지도 목에 걸린 올가미인지도 모르겠구나. 라며 혼자서 중얼거렸다. 잔기침에 버무려 뱉어낸 말이 자신도 조금은 어려운지 고개를 설레 설레 흔들었다.

겨울바람 한 자락이 불어와 그녀의 듬성듬성한 머리털을 훌훌 날렸다. 한동안 멍하니 그 자리에 앉아 있는 모습이 평소와 다른 얼굴이었다고. 그날 이후 '강가의 모래처럼'이라는 그 말이 무슨 암시라도 되는 듯 수남의 가슴 한복판에 멍에처럼 박혔다.

수남은 아무리 짓밟혀도 아프다는 말 한마디 없이 다시 일어나는 잡풀처럼 강인하려고 애썼고 힘든 일이 닥칠 때마다 '강가의 모래알' 하고 부르짖었다고 최 보살이 전했다.

최 보살은 광식과 그의 어머니 수남의 이야기를 전해 주고 돌아가면서 거듭 당부의 말을 남겼다.

"수남네가 준 적금 통장을 돌려주게나."

최 보살이 돌아간 후 한참 동안 생각에 잠겼다. 독신은 용납이 되지 못하고 결혼을 위한 결혼을 생각해야 하는 시대에 대나무같이 올곧게 올라가려고만 하는 내가 옆을 보지 못했을까. 내 가족을 책임져야 한다는 강박관념에 병적으로 사로잡혀 김진에게조차 마음을 닫고 어쩌면 오만이었던 나의 성격이 불행을 자초하지는 않았을까.

결혼을 꼭 해야 한다는 주위의 눈총이 따가웠고 혼기를 놓쳐 버린 나는 조건을 따질 수도 없는 시절, 날벼락처럼 날아든 중매였다. 광식은 크고 작은 고백을 약 다섯 차례 정도 내게 했지만 모두 거절했었다.

집요한 광식은 친정집 문턱이 닳을 정도로 드나들었고 하늘의 별이라도 따다 줄 것처럼 내 말이라면 뭐든 들어주는 척, 언제나 내가 우선인 남자. 세상 어디에도 없는 착한 남자, 그런 남자의 모습을 보였다.

대학을 졸업하고 대기업에 다니는 광식은 여자에 대한 친절과 배려로 온몸을 도배하고 위장했다. 연애경험이 적었던 나는 변장한 광식에게 결혼을 위한 결혼을 받아들인 셈이었다. 자세히 들여다보면 사기 결혼이나 음모에 의한 잘못된 만남이 적지 않게 발생했다.

결혼은 모든 여성의 로망이라고 하지 않던가. 꿈을 꾼 듯 그동안 벌어진 사건이 남의 일처럼 느껴졌다. 집안의 모든 문제의 해결사를 자처하며 사람들과 수많은 부딪힘을 모질게 견디며 살아온 지친 나는 평범한 현모양처로 살고 싶었다.

그러나 결혼 첫날부터 광식의 본모습이 드러났다. 그는 여자를 애 뽑는 기계나 창녀로 보는 시어머니 수남의 노예가 되어 좌지우지 흔들리는 사람이었다.

깊이 돌이켜보니 그가 나를 속인 게 아니었다. 내가 보고 싶은 모습만 보였기 때문에 다른 것들은 보이지 않았다. 그것이 얼마나 큰 착각이었는지 모른다. 어쩌면 보였지만 무관심으로 넘어가려는 내 마음이었을지도 몰랐다. 그냥 그렇게 흐릿한 채로 모르는 척 놔뒀을지도 모르겠다.

중매를 강요했던 친척 오빠는 일찍이 세상을 떠나 저세상 사람이 되었으니 욕해도 소용없고 마지막 선택은 내가 했기 때문에 누구를 원망할 수 없었다.

결혼 생활 하루 만에 꿈에서 깨어났다. 광식은 완전히 다른 세계에 있는 사람이었다. 광식은 그의 세계를 만들고 나는 나의 세계를 만들며 살아가는 것이었다.

광식은 상해진단서를 가지고 나를 찾아왔다. 그리고 삼천만 원이 든 통장을 돌려받으려고 비겁한 술수를 모두 동원하여 소송을 걸었다. 더는 참을 수도 미룰 수도 없는 이혼소송을 내면서 서로 맞소송을 걸었다.

광식이 보여준 폭행과 만행으로 결혼은 파탄 났고 학대와 스트레스로 지친 몸은 임신했지만 연이은 유산으로 고통받았다. 잘 못 된 길에서 악연의 고리를 끊고 내 인생의 새로운 길을 찾고 싶었다.

법원은 그가 저지른 폭행만으로도 혼인을 계속하기 어려운 사유가 인정되고 정상적인 결혼 생활을 할 수 없다고 판단했다. 배우자를 폭행하고 협박과 외도 등 일방적인 행동을 보여준 광식에게 삼천만 원 통장과 위자료 300만 원을 더해서 나에게 지급할 것을 선고했다.

"아무래도 자꾸 광식이 아부지가 눈에 걸려. 산소 자리가 땅이 푹 꺼져 있고 물에 잠긴 모양이야."

수남을 찾아간 최 보살은 걱정스러운 눈빛을 띠고 말했다. "작년에 큰비가 와서 산소 뒤에서 내려온 물이 흘러넘쳤는데 그때 물이 많이 들어갔는지 내 꿈자리도 사나워요."

최 보살은 광식 아버지 산소 이장을 권했다.

"이번 기회에 수십 년 묵은 체증도 다 내려가고 광식이 업보도 풀어지게 이장을 해봅시다."

"이장을 잘 못 하면 집안에 좋지 않은 일이 생길까 봐 그냥 뒀어라."

씁쓸하게 최 보살을 바라보며 수남이 말했다.

"좋은 길일을 잡아서 양지바른 자리에 산소를 옮겨놓고 정성껏 잘 차려서 천도제를 지내줍시다."

최 보살 말이라면 콩으로 팥죽을 쑨다고 해도 믿을 정도였지만 며칠이 지나면 마음이 팥죽 끓듯 변덕이 올라와 이리저리 좌충우돌한 수남이었다. 그래도 마지막 순간에 최 보살을 의지했다.

이장할 날짜가 되어 광식 일행은 산소에 올라왔는데 수남의 걷는 모습이 어딘가 불편해 보였다. 다리를 절뚝거리며 아파하면서 우울한 한숨만 연거푸 내쉬었다. 하늘에선 먹구름이 몰려오더니 소나기까지 퍼부었다. 마음속에 무성한 잡풀처럼 복잡한 심기가 돋아 편하지 않은 광식은 어머니가 걷다가 넘어지려고 해도 모른 척했다.

"광식아, 지팡이 좀 만들어다오."

"어휴, 참. 억척스러운 엄니, 이젠 많이 늙었어요."

광식은 길가에 나뭇가지를 꺾어서 지팡이를 만들어 주었다. 조금 후 해가 들더니 말없이 검은 비석의 이름표를 달고 광식 아버지가 잠들어 있는 산소 주변에 제비꽃이 흐드러지게 피어 반짝였다.

광식은 새삼 오랜만에 이런저런 생각이 앞섰다. 이제 얼마 남지 않은 시간이 지나면 이곳은 폐허처럼 파헤쳐지고 빈집이 될 것이었다. 그리고 자신의 발길이 끊어질 것이었다.

작업은 시작되었고 먼저 처방을 하는 중에 까마귀 지나가는 소리가 요란하더니 처방을 한 후에는 작은 참새들이 떼로 몰려와 짹짹거렸다.

"앞으로 집안에 좋은 일이 많을 거여."

주변을 둘러보던 최 보살이 덕담처럼 한마디 했다. 지극정성을 드렸으니 틀림없이 잘 풀어지리라는 믿음으로 빌었다.

"광식이 아부지, 큰 걱정 없이 모든 일이 잘 풀리고 해결되게 도와주세요."

산소를 파헤치는 파묘 작업을 시작하기 전에 최 보살은 산신제를 지내고 나서 포크레인 작업을 하려고 보니 주변에 풀이 무성하고 길이 좁고 개울이 산소 앞뒤로 흐르고 있었다. 포크레인 진입이 어려워 사람이 수작업으로 파묘 작업을 해야 했다.

남자 다섯 명이 수작업으로 유골을 수습하려고 조심스럽게 파 들어가자 드디어 관이 보였다. 드디어 고인을 모신 광중이 보이면서 삼십 년 이상 된 산소가 파헤쳐졌다. 육탈이 끝나고 유골만 남아 있는 경우가 많을 거라는 생각을 했다.

조심스럽게 관 뚜껑을 열자 그 순간, 관 속에서 하얀 연기가 피어올라 마치 비둘기 한 마리가 후드득 소리를 내며 날아오르는 형상을 만들었다. 작업 중이던 사람들이 움직임을 멈추고 멍하니 날아가는 비둘기를 바라보았다. 그 순간 최 보살은 눈을 감았다.

"조상과 후손 간에 아무 미련 없이 훌훌 날아가게 해주세요. 후손에 아무런 영향을 주지 않게 업보를 다 풀어주시옵소서."

어느 순간 마음에 남은 영혼의 기억마저 사라지고 찾는 이 없는 쓸쓸한 산소는 무너진 묘지가 되어 버림받듯 남았다. 외롭고 쓸쓸해 보이는 산봉우리가 빙 둘러싸인 작은 산골 하늘에 흰 구름만 뭉게뭉게 흘러갔다. 언뜻 구름 사이로 미소짓는 광식 아버지의 얼굴이 보이는 듯싶었다. 수습된 광식 아버지 유해를 새로운 관에 옮겨 운구했다.

콘트라바스 사랑

10

희미하게 어둠이 퍼져가고 희끄무레 날이 밝았다. 혹독한 내 삶. 한번 꼬인 인생은 쉽게 풀리지 않고 미끄럼을 타고 내려온 절망의 끝에서 다시 만난 김진과 잠시나마 꿈꿨던 행복은 내 것이 아니었을까. 그와 사랑을 나누고 맑음이를 가지게 되었을 때 우린 서로 기뻐했지만 그 꿈도 결국 산산이 부서졌다.

늦은 새벽 갑작스럽게 복통이 찾아와 급하게 119를 불렀다. 응급실로 실려 간 나는 홀로 두려움에 떨며 맑음이를 낳았다.

기적처럼 찾아온 맑음이가 세상에 처음 나왔을 때, 그때만 해도 더 큰 불행이 있을 줄은 꿈에도 몰랐다. 무사히 자궁에 착상한 수정란이 내 뱃속에서 희망을 꿈꿀 때 세상을 모두 얻은 듯 기뻤다.

그렇게 기다리던 맑음이를 처음 보는 순간, 난 차라리 눈을 감고 말았다. 고레츠키의, 슬픔의 곡조가 내 영혼 속에 각인되며 느릿한 체념으로 다가오는 것처럼 정적의 소리가 슬픔으로 비통함이 되었다. 콘트라바스가 흐느끼듯 거의 들리지 않게 피맺힌 절규로 내 가슴에 파고들었다.

소리죽인 신음을 토해내듯 원망이 가득 차 있지만 원망할 수 없는 느낌이라고 할까. 뒷걸음치며 신음하듯 콘드라바스의 느릿한 걸음이 가스 처형실로 향하는 유대인들의 체념한 발걸음처럼.

"심장 동맥 있는 데 구멍이 있어요. 그 구멍을 막아야 해요."

미숙아로 태어난 맑음이는 신생아 집중 치료실로 보내져 사경을 헤매일 때 어쩌면 살 수 없다는 이야기를 들었다. 그리고 이어진 여러 검사 끝에 심장기형으로 동맥관이 닫히지 않는 동맥관 개존증 진단이 내려졌다. 앞으로 얼마나 많은 합병증이 맑음이를 괴롭힐 것인지, 절망의 끝은 어디일까. 내가 흘린 눈물이 바다가 되어 흐르고 바닥을 알 수 없는 암흑 속에서 하염없이 울었다.

"미안하고 또 미안해."

성장 발달이 느려 생후 12개월인데 앉지도, 기어 다니지도 못하는 맑음이를 보며 병원에서 알게 된 이웃이 나를 위로했다.

"맑음이 어머니, 상황이 어렵게 되었네요."

이유식을 넘기지 못하고 우는 아이를 보는 내 가슴에서 피눈물이 났다.

세상은, 곰곰이 생각할수록 답을 찾기 어려운 것들이 많았다. 김진과 다시 만났을 때 형체 없는 온기가 온몸에 퍼졌다. 그를 만나면 아주 많이 설 었던 이유는 절망과 슬픔 그리고 상실의 구덩이에서 빠져나오려는 몸부림이었을까.

과거 김진과 매일 만났었는데 별다른 사건도 없이 멀어졌다. 인사를 하기에도, 하지 않기에도 애매한 사이로 왜 그러냐고 묻지 못했다.

내 인생의 쉼표가 있는 어느 지점이었던가. 무심히 전화벨이 울렸다.

"오랜만이지?"

"……."

"낯선 소리에 입을 다무는 버릇은 여전하네."

김진이었다. 그가 느닷없이 이렇게 전화를 하니 더더욱 움찔하지 않을 수 없었다. 그의 소식은 미스 박을 통해서 들었다. 그가 결혼했다는 이야기까지.

"오랜만이어요. 잘 지냈어요?"

정작 방부제를 품고 있는 것처럼 그는 변함이 없어 보였다. 천천히 썩어 가고 있는 내게 전화를 걸어 온 그의 목소리는 오로지 나를 향해 뜨겁게 예열된 듯 보였다.

"다 지운 줄 알았더니 선이 씨 전화번호가 남아 있더라고."

그래서 어쩌란 말인가. 결혼했다는 소식을 들은 후 3년이 지났다. 직접적으로 서로의 감정을 이야기해 본 적이 있었을까. 회식 때문에, 뭐가 필요해서, 누가 물어봐서 이런 식이지 않았나.

그랬던 그가 언젠가 나에게 딱 한 번 자신의 속내를 드러낸 적이 있었다. 연애에 무심했던 내가 광식과 선을 봤을 때 술에 잔뜩 취해 정말이냐고 물었던 적이 있었다. 그러면서 사는 것이 재미없다고 그랬던 것 같다. 그다음 날 그는 이런 말을 남겼다. 어젯밤엔 많이 취했었고 실수했다면 미안하다.

정말이냐고 물어보는 그가 미안하다고 말하는 애매함을 용서할 수가 없었다. 비 내리던 날 밤. 둘이 걷다가 놀이터 벤치에 앉아서 새벽을 맞이하던 길 위에 선 시간을 기억하고 있었는지…. 그는 맑고 찬 밤공기 샐쭉한 겨울비처럼 희미하게 또 애매하게 건네오는 것이다. 다가오는 그에게 의심은 여전히 내 몫이었다.

"결혼…했다면서요?"

"……"

사소한 몇 가지 이야기를 주고받으며 다시 만난 그와 늦은 밤 술을 마셨다. 그리고 첫 데이트의 기억을 떠올렸다. 맥주 몇 잔에 생긴 용기였을까. 애틋함을 넘은 뜨거운 마음으로 그의 얼굴을 정면으로 바라보았다. 그리고 그의 어깨를 톡톡 건드렸다. 어떤 기억은 저절로 재생되는 것처럼 그 사람 어깨를 검지로 톡톡 두 번 쳐서 불렀다.

지금도 혹시 유재하의 '사랑하기 때문에'를 즐겨 듣느냐고 물었다. 그는 말없이 고개를 끄덕였다. 그리고 우리는 새벽녘 놀이터 벤치에 나란히 앉아서 이야기를 나누던 시절로 돌아갔다. 시간은 훌쩍 지났는데 한여름 비오는 밤거리 신호를 기다리던 도로 앞 신호등 불이 켜지자 조심히 설레며 다가가 마주 잡았던 손처럼.

돌풍처럼 몰아쳤던 중매 사건에 휘말려 광식과 결혼 6개월 만에 혼자의 삶으로 돌아온 나는, 첫사랑이었던 김진과 다시 만났다. 김치같이 숙성되어가는 사랑과 고기처럼 처참하게 부패 되는 사랑도 있다지만 사랑,

그 자체는 오묘하고 아름답다.

아무렇지도 않은 듯 헤어진 지 삼 년이 지났는데 기억이 몸에서 재생되어 살아났다. 그는 무심한 듯 생각에 잠겼다. 자기 자신과 갈등하는 순간이었을까. 사실 나는 그의 어떤 말보다 생각에 깊게 잠겨 있는 모습이 좋았다. 선명한 눈썹, 앉아 있어도 큰 키, 마른 어깨, 긴 팔을 아무렇게 포개고 앉아 있는 모습.

그윽한 눈으로 그를 바라보았다. 그가 천천히 고개를 들고 나를 마주 바라보았다. 서로의 눈이 마주치자 동시에 웃음을 터트렸고 오래전 그때와 같은 표정을 지었다. 그는 놀라지도 새삼스럽지도 않다는 듯 안경 너머 눈동자를 반짝이며 내 얼굴 위로 그의 얼굴을 포갰다. 순간, 재생되는 기억과 행동이 반갑다기보다는 좀 무서웠다. 내 몸은 자연스레 움츠러들었다.

어쩌면 기억이 지나가는 걸 내가 모를 뿐인 거 아닌가. 해가 떨어질 때 붉은 노을빛으로 변한 하늘을 보면서 가슴이 뻐근해지는 것도 어스름이 하늘이 내려앉는 저녁의 신호등 앞에 서서 빨간 불이 바뀔 때까지 기다리다 스산해지는 마음도 실은 기억이 지나가고 있었던 것일지 몰랐다.

우리가 죄책감을 가져야 하는 관계라고 생각하지 않았고 미래를 도모하지 않는, 바다에 떠 있는 부표처럼 흘러가는 대로 놓아두기로 마음먹었다.

그를 사랑했을까? 지웠다가 다시 쓸 수 있는 칠판처럼 누군가를 사랑하는 일을 반복할 수 있을까.

"난 그날 새벽에 당신에게 내 마음을 고백했었는데…"

지긋이 바라보는 그의 눈길을 피하지 않았다.

"그건 사실이에요."

나도 인정했다. 뜨거운 시선으로 나를 물끄러미 바라보다가 그는 손가락으로 내 볼을 살며시 어루만졌다.

"당신에게 키스하고 싶었어요. 당신의 맑은 눈을 바라보았을 때 내가 넋을 잃고 있었다는 걸 나중에 확신했어요?"

힘겹게 침을 삼키더니 손가락은 깃털처럼 가볍게 내 얼굴을 어루만졌다. 그것이 불러일으킨 전율은 내 온몸으로 전해졌다. 나는 손을 들어 그의 손을 치웠다.

"그렇다고 해도 다 소용없는 일이잖아요. 그래요, 우린 서로에게 끌렸어요. 하지만 미래를 이야기하지 않았어요."

"난 그렇게 생각하지 않아요."

"무슨 뜻이죠?"

날이 선 말투로 건조하게 물어보는 나에게 나직하고 부드러운 음성으로 그가 답했다.

"풀잎에도 상처가 있고 꽃잎에도 상처가 있다고 하잖아요."

"지금의 내가 어떻게 하길 원해요?"

한숨 섞인 내 말에 그가 다시 말을 이었다.

"가끔은 이성과 냉정 사이에 미숙한 감정이 터질 것 같아 가슴 조일 때, 가파른 계단을 오르내리며 가쁜 숨을 쉬기도 했지요. 완벽하고 화려한 미래, 막연하게 동경하지만 없어요. 상처 없는 사람 없고 그저 덜 아픈 사람이 더 아픈 사람을 안아주는 거래요. 오늘 이 시간 내가 바라보는 당신이 제일 사랑스러워요."

그가 호흡을 가다듬으며 나를 바라보았다.

"지나간 시간이 눈 깜짝할 사이 사라져간 것 같아요. 폭풍이 휩쓸고 모두 쓸려가 버린 것처럼요."

희비애락의 사연들이 내 것이 아니라면…. 어느 시인이 그랬다. 바람이 오면 오는 대로, 그리움이 오면 오는 대로 두었다가 가는 거라고.

그 어느 때보다 그는 진지했다.

"한동안 깊은 생각을 했어요."

평범한 일상이 흔들리기 시작했다고 말하는 그에게 그때의 사정 이야기를 설명해 주어야 할 것 같은 마음이 들었다.

"김진 씨와 만났을 무렵 우리 집은 전 재산을 모두 사기당하고 절망에 빠져있을 때 난 가족을 부양해야 했던 책임감이 병적으로 깊게 깔려있었어요. 누군가 한 사람은 희생해야 했고 집안의 맏이로서 당연히 내 몫이라고 받아들인 거죠. 나 스스로 당신과 멀리 거리를 두려고 한 것은 어쩌면 당신을 사랑했으니까요."

"……"

아무 말 없이 듣고 있는 그에게 다시 말을 이었다.

"어느 날 갑자기 차고 들어온 중매 만남에 정신을 차릴 수가 없었어요. 혼동 속에서 난 결혼해야 했고 그렇게 그 길을 가려고 마음먹었었죠. 열악한 가정환경과 제약 안에서 살아가는 나에게 주어진 불행을, 당신에게 피해 주고 싶지 않았어요. 내가 원한 것은 아니었지만 나를 가두고 있는 한계 안에서 현명하지 않은 가장 나다운 선택이었어요. 그 당시에는."

지난 일을 떠올리며 할 말이 많았다.

"그때 난 정신이 하나도 없었어요. 감당할 수 없는 깊은 슬픔에 가슴이 아리다 못해 쓰렸어요. 너무 고통스러워서 감당하기가…."

말을 맺지 못하는 그에게 내가 말했다.

"그렇게 당신과 멀어지고 나서 정신을 차린 순간 이미 폭풍이 휩쓸고 지나간 자리에 폐허만 남았더라고요."

나를 향해 갑자기 날아온 돌에 맞고 정신을 잃은 순간 김진과 이별이었다. 다시 만난 우리는 모닥불 지피듯이 사랑을 피워내려고 애썼다.

"난 한 번도 선이 씨를 잊은 적이 없어요."

그가 힘을 주며 다시 말했다.

"단 한 순간도…."

그의 말은 오랜 침묵으로 이어졌다. 그의 고백을 어떻게 받아들여야 할지 몰랐다. 우리의 사랑이 진짜 사랑이 아닌 추억일 뿐 환상을 좇는 것은 아니었을지.

미완의 사랑을 완성하고 싶어하는 김진과 나는 서로를 향한 애틋한 마음이 점점 더 깊어졌다. 그를 만나면 사랑받는 느낌이 가득한데 이것이 사랑이라고 말할 수 있을까.

내가 그랬듯이 그도 아무 생각 하지 않는 눈치였다. 지극히 순수하리만치 완전히 텅 비었다는 표정으로 서로를 바라보았다. 숨바꼭질할 때처럼 찾아야 할 그 무엇인가를 찾기 위해서 허둥댔다.

혼돈 속에서 잠시 잊고 있었던 내 안에 숨겨진 뜨거운 열정이 솟아났다.

"사랑합니다."

그 사람이기 때문에 목숨 건 사랑을 한다는 것을 누군가를 깊이 사랑해보지 않은 사람은 모를 일이다. 그러니 목숨 걸고 사랑할 수 있는 사람은 세상에서 가장 큰 축복을 받은 사람이고 삶에 대한 열정이 강한 사람이라는 결론을 내렸다.

인생의 한순간만이라도 누군가를 깊이 사랑할 수 있다면 그것으로 충분하지 않을까. 그 사랑이 가진 힘은 많은 부분을 변화시킬 수 있으리라 믿고 싶었다. 그리고 사랑하고 싶었다. 한 번도 상처받지 않은 것처럼!

삶이란 아귀를 맞추는 것을 단념하고 해독을 유보한 채 다만 나에게 다가온 진실을 경험해야 하는 것이었다. 사랑이라는 것의 본질은 때로는 비루하고 환멸스러운 것일지라도. 그와 나는 은밀하고 특별한 감정을 서로에게 느끼며 매료됐다.

삶은 이해할 수 없는 부분이 있었다. 좀 더 나다운 사람으로 살아보고 싶었던 내가, 나 자신을 모르면서 상대를 알고 사랑하기란 모순이었을까. 어쩌면 삶에서 기다리는 난관 중 하나였을 뿐, 자책감에서 벗어나려고 애써봐도 세상은 내 뜻대로 살아갈 수 없었다. 사람들은 그것을 비극이라고 말했다.

돌아서는 등 뒤로 유리잔 깨지는 소리가 들렸다. 맥주잔을 던진 그가 소리를 지르며 내 팔을 낚아채 강제로 소파에 앉혔다.

"도대체 내가 무슨 잘못을 했다는 거야?"

"……."

"맑음이를 보며 지긋지긋한 인생으로 살아갈 것이 뻔하다고. 당신의 시간은 당신만의 시간이 아니야."

맑음이를 놓고 마음자리가 복잡하고 어수선한 김진이 절규하듯 소리쳤다.

"세상일은 당장 겪고 있을 때보다 나중에 돌이켜볼 때 이해하기 더 쉬운 법이라고."

그의 분노는 나와 아무 상관이 없는 이질감으로 내 가슴을 후벼팠다. 말없이 흐르는 비통한 침묵이 무겁게 눌렀다. 아무런 대꾸를 하지 않는 나에게 그는 갑자기 태도를 바꾸어 말했다.

"하루 이틀 심사숙고한 것 아니야. 순간적인 감정에 함부로 말 한 것도 아니야. 그렇지만 오늘은 홀가분하게 모두 털어버리고 싶었어."

그의 말투가 돌변하고 더는 설득하지 않을 테니 눈앞에 놓인 맥주 한 잔만 원샷을 하라고 말하며 맥주잔을 내밀었다. 나는 그가 말을 마치자마자 잔에 가득 차 있는 그 술을 눈 한번 깜박이지 않고 들이켰다.

눈을 뜨니 침대 위였다. 배 속의 내장이 배 밖으로 뚫고 튀어나온 것처럼 내 몸이 파헤쳐진 기분이 들었다. 분노는 가까운 곳에서 숨을 죽이고 끄윽끄윽 울음은 입안을 맴돌며 울고, 또 울어도 입 밖으로 소리가 되어 터져 나오지 않았다. 슬픔은 슬픔으로 덧대어 오버랩되었다.

"자궁외임신이 의심됩니다."

지난날 광식과 결혼했을 때, 초음파를 보고 나서 의사가 하는 말이었다.

내 눈에서 알 수 없는 눈물이 주르르 흘렀다. 아기집이 보여야 하는데 보이지 않아 자궁 외 임신이면 얼른 수술해야 했다.

복통이 시작되고 난팔관이 터지면 그만큼 위험했던 나는 안색이 창백하고 식은땀이 나면서 어지럽고 졸리며 갑자기 손이 덜덜덜 떨리면서 의식을 잃고 그대로 기절했다.

혈압이 너무 낮아서 의식을 잃었다. 이미 의원에서 자궁외임신의 파열로 배 안에 피가 고였다고 했으니 저혈압의 원인은 혈복강으로 인한 저혈량 쇼크였다.

몸속에서 엄청난 피를 급속도로 흘리고 있었다. 메아리처럼 누군가 내 이름을 부르는 소리가 들려서 눈을 떠 보니 의사였다. 곧바로 응급 수술로 이어졌다.

"왼쪽 나팔관이 터져서 배 안에 피가 많이 고여 있어요."

침대째로 간이공간에 이동한 나는 정신을 잃었다.

"산모님, 산모님"

다급하게 의사가 불렀다. 입은 옷을 다 잘라버리고 수술실로 옮겨져 양팔을 고정한 내 온몸이 바들바들 떨렸다.

"마취 들어갑니다."

하는 소리와 함께 그다음은 기억에 없다. 자궁 외 임신은 죽음을 생각할 만큼 아팠고 두려웠다. 수술은 다급했고 무척 위험했다. 수술 시간의 많은 부분이 피를 제거하는데 소요될 정도였다고 의사는 말했다. 수술은 정말 긴박하고 여의치 않은 상황에서 끝났다. 또 산모님 소리에 깼더니 병실이었다.

"조금만 늦었으면 죽었을 거여요."

의사가 다정한 말투로 무서운 말을 쏟아냈다. 수술 후 피 주머니를 달고 지냈다.

"자궁 외 임신이 어떤 거죠?"

기운을 차린 나는 의사에게 물었다.

"자궁외임신은 나팔관의 기능 이상이 원인이지요. 정자와 난자가 만나는 장소는 나팔관이에요. 정자들은 크기가 매우 작기 때문에 나팔관을 통과하는 건 어찌어찌 가능했던 겁니다. 천신만고 끝에 헤엄쳐 드디어 난자와 만났는데 아뿔싸! 수정란이 되고 보니 자궁으로 갈 수가 없었던 것이죠. 자궁에 들어온 정자를 옮겨주는 길이 나팔관인데, 나팔관이 막혔다든지 주변에 붙어버리면 움직임에 제약이 있지요. 너무 절망하진 않았으면 좋겠어요. 자궁외임신으로 한쪽 나팔관 수술을 받은 환자가 다음 임신에서는 자궁 내 임신이 가능하니까요."

나는 임신에 대한 두려움이 커지고 자신감이 많이 저하될 수밖에 없었다. 떨어져 나간 아기가 말하는 것 같았다.

"엄마 아프게 해서 미안해. 아무리 노력해도 더 나아갈 수 없었어요."

생명의 힘으로 기적처럼 내 품에 안긴 맑음이는 성장 발달이 여느 아이보다 더디고 훨씬 뒤떨어져 돌이 한참 지난 이후 언제 걸을 수 있을 것인지 기다리는 나의 애를 태웠다. 여섯 살이 지나도록 옹알이 말고는 발음이 되지 않았다. 수많은 눈물이 지나간 자리에 켜켜이 자리 잡은 우울증은 덤으로 온 보너스였다.

시간이 약이 될까. 여덟 살이 지나 불편한 것들이 익숙해질 무렵 젖병도 못 잡던 작은 손아귀에 힘이 붙어서 크레파스를 색깔 별로 칠하고 퍼즐도 스스로 끼워 맞추었다.

또래보다 훨씬 미달이지만 옹알이만 하던 맑음이의 말문이 아홉 살 넘어갈 때 트이기 시작했다. 엄마인 나는 아이가 하루하루 웃으며 살아갈 수 있기를 소망한다.

맑음이를 데리고 잠겨 있는 친정집 문 앞에서 엄마에게 전화를 걸었다.

"어디 가셨어요?"

"하나님 말씀 공부하러 왔다."

"언제 오실 거에요?"

"우리 기다리지 말아라."

하루해가 저물어 어둠이 내렸을 때 집으로 돌아온 엄마와 경이에게서 차가운 냉기가 뿜어나왔다. 마치 투명인간처럼 나를 대하는 엄마 얼굴이 맑음이를 보고 나서 새초롬하게 일그러졌다.

"내가 오는 것이 반갑지 않아요?"

집 밖에서 한나절을 기다리던 나는 가슴이 먹먹하고 서운한 감정이 차올라 건조해진 얼굴로 엄마에게 말을 걸었지만 내 말에 아무런 대꾸도 하지 않는 엄마였다.

"정말 너무하네요."

절망적인 얼굴이 되어 한숨이 터져 나올 뿐이었다.

"너랑 입씨름하는 것도 이젠 아무 의미 없다는 뜻이야."

엄마가 퉁명스러운 얼굴로 한 마디 내뱉었다. 맑음이를 의식하던 나는 가슴에 돌을 얹어 놓은 것처럼 무겁고 속이 상했다. 한집에 살면서 애틋한 눈빛을 나눈다거나 다정한 말 한마디 건네 본 기억이 없는 엄마를 바라보았다.

"왜 이렇게 냉정하게 대하세요? 내가 무엇을 잘못했는지 말을 하세요."

"너는 내 뜻하고 반대로 살잖아. 아직도 그렇게 모르겠어? 그리고 너 왜 이렇게 신경질적이냐?"

"내가 신경질적이라고요? 맑음이를 한 번이라도 따뜻하게 안아주세요."

"됐다, 그만해라. 어제도 이랬고 엊그제도 마찬가지며 내일도, 모레도 이럴 테니까!"

엄마와 또 싸웠다. 엄마 입에서 흘러나오는 익숙한 말이 내 가슴에 비수가 되어 꽂혔다.

"너 정말, 사람을 불편하게 만들어. 너만 옳고 잘났지? 내가 너한테 굽힐 줄 아느냐? 너는 나를 고마워할 줄도 모르는 사람이라고 그렇게 생각하잖아. 그래, 내가 잘못했다고 무릎이라도 꿇고 싹싹 빌어야 직성이 풀릴 테냐?"

엄마는 한 마디로 내가 '나 중심적'이라는 것이다. 이런 말을 들을 때면 내 속에서 이렇게 반응했다. '내가 뭘 잘못했다는 거야! 내가 지금까지 얼마나 많은 노력을 하고 있었는데!'

입을 꾹 다물고 머릿속이 복잡했던 나는 엄마의 태도에서 순식간에 가슴이 찢어질 듯 아팠고 환멸을 느꼈다. 내 마음 안에서 번민의 시간은 감정의 뿌리를 찾아서 방황했다.

'눈이 눈을 볼 수 있을까? 그렇지, 안으로 들어가야지. 더 깊숙이 안으로 들어가야지. 누구 목소리도 들리지 않는 깊은 곳으로. 그리고 눈썹보다 더 가까이 있는 나를 사랑해야지.'

감정이 가라앉은 뒤 겨우 나를 돌아보는 성찰이 찾아오면 한 번쯤 내 잘못이라는 생각이 들어 반문해본다. '엄마의 불만을 받아들이고 내가 정말 변할 수 있을까? 나에게만 문제가 있는 것일까?'

머리로 아무리 이해해도 내 속은 변하지 않았다. 내 말과 행동은 정말이지 다시 또 제자리로 돌아왔다. 엄마는 분명 한국어로 말하는데 무슨 말을 하는지 도무지 내 귀에 안 들렸다.

"공감 능력 없는 것이 이렇게 불편할 줄이야!"

깊은 한숨은 독백이 되어 터져 나왔다. 소통되지 않는 엄마와 화해할 능력이 내 속에 들어있지 않았던 나는 어린아이였다. 내 마음을 보호하기 급급하고 엄마에게 버림받을까 봐 두려웠다.

예쁘다, 똑똑하다, 사랑스럽다, 긍정적인 말 대신 못생겼다, 고지식하다, 별나다는 부정적인 말만 듣고 자란 나는 자존감이 바닥이어서 나의 가치를 발견하지 못했다.

엄마가 바라보는 비틀어진 시선, 그러니까 나의 무능함을 억지로 만들어야 하는 그것에 익숙해 있던 나는 참다운 내 모습을 발견하지 못하고 엄마에게 어느새 길이 들었다. 엄마의 평가에 나를 맡기고 눈이 눈을 보지 못하듯 객관적인 것에 익숙해 참다운 주관을 경험하지 못했다. 한가지 잊은 것은 엄마도 나와 같은 고민과 열등의식 불행감으로 가득하고 다른 사람의 평가에 의존하고 있다는 것이었다.

엄마는 내가 불행하게 몰락하게 될 것을 암시라도 하듯 중얼거렸다.

"밥 먹을 땐 오직 밥 생각만 하고 똥 눌 땐 똥만 눠라. 뜬구름 같은 기대 따위로 세월을 보내지 마라. 머리로 걷지 말고 발로 걸어라. 머리로 걸으면 길을 잃는다."

전지전능한 아버지 독생자가 십자가를 지도록 인간세계로 보낸 것처럼 능력도 덕목도 부족한 비틀어진 종교적 알레고리의 전복과 변주에 빠져들어 서서히 이끼가 끼고 녹슬어가는 오래된 성처럼 암녹색 비소가 든 죽음의 색조를 띠고 엄마의 생각을 나에게 주입하는 엄마 말은 참을 수 없는 비열함이었다. 엄마와 경이는 가족인 나를 배척하며 무엇을 위해 싸우는가에 대한 의문을 남겼다.

무위한 인생을 살고 있다는 자괴감에 시달리는 나에게 맑음이는 아픔을 견뎌 내어야 하는 숙명이었다. 불운의 수레바퀴는 거대한 파도처럼 나를 덮쳤지만 맑음이를 위해서라도 하나밖에 없는 나란 존재를 존중하고 고귀하게 사랑하리라. 나의 잘못이 무엇인지 끝내 알지 못하는 비극적인 종말은 없어야 하니까.

눈앞에 닥친 시련은 오히려 극복에 대한 강한 의지를 불러일으키고 단련시켰지만 미래에 대한 끝없는 절망은 나를 지치게 하고 결국엔 삶을 포기하는 마음을 심어놓았다.

우울증이 심해져 공황 장애가 극에 달하고 사계절 내내 한겨울 시린 추위가 가시지 않았다. 차가운 냉기에 온몸이 부들부들 떨렸다. 가려도 가려지지 않는 고통에서 벗어나기 위한 몸부림은 형벌이었다.

이월 하순. 늦겨울이었지만 밖은 가로등 불빛 아래 수백 마리의 벌레들이 퍼덕거리며 상승을 시도하다가 힘에 부친 듯 땅으로 내려앉았다. 흰 벌레 같기도 하고 검은 벌레 같기도 한 벌레들은 젖은 날개를 허공에 퍼덕이며 흔적도 없이 사라졌다.

흰 눈이 끊임없이 퍼붓듯 내리는 날, 방안엔 불도 지피지 않아 싸늘한 냉기가 허공을 맴돌았다. 내리는 눈을 그저 물끄러미 바라보다가 눈가에 촉촉하게 스며든 물기를 손으로 훔쳤다.

하루, 이틀, 사흘이 지나도록 두 눈을 반쯤 감은 채 꼼짝도 하지 않고 머릿속에는 온갖 상념들이 교차 되었다. 그런 상념들은 어느 순간부터 얼음 장처럼 차가운 내 마음에 골 깊은 상처가 되며 주저흔을 남겼다. 겨울을 껴안고 차디찬 죽음의 강물로 뛰어들게 하는 우울증이 처음에는 벌레 만한 크기로 내 몸속을 파고들더니 점점 온몸을 점령해 버렸다.

생의 마지막 순간이 왔을 때 미소짓고 싶었다. 상처의 골을 치부처럼 숨기지만 환부를 드러내고 치료받아야 할 것이다. 그 흉터가 곪고 아프더라도 상처 위에 사랑의 눈을 내려 더욱 희게 만들어야 할 것이었다.

무한정 내리는 함박눈은 땅에 닿으면서 흔적도 없이 사라지는 쓸쓸함이었다. 함박눈의 쓸쓸함이 스며들어 우울한 날들이 옹벽처럼 쌓이고 무표정한 체념의 얼굴이 되어 심장까지 얼어붙었다.

티브이는 기계음처럼 윙윙거리며 대설주의보에 대한 주의사항을 떠들어댔다. 거실을 어슬렁거리며 금붕어와 눈이 마주쳤다. 몇 년을 한집에 함께 살았는지 기억에 없는 어항 속 녀석은 숨 막히는 공간에서 그럭저럭 평온을 유지하며 살아왔다.

녀석의 평화로움이 부러웠다. 한집에서 살고 있지만 친해지지 않은 우리는 둘 다 관심이 없는 표정으로 서로를 멀뚱멀뚱 바라볼 뿐이었다. 가끔은 심드렁한 표정으로 모래를 삼켰다가 도로 내뱉곤 했는데 심기가 불편하다는 것을 보여주는 행동이었을까.

베란다 창문이 환해질 무렵까지 나는 낡은 소파 위에 한 개의 점처럼 찍힌 채 그대로 앉아서 꼬박 밤을 지새우며 시도 때도 없이 눈물이 흘렀다. 마치 어느 때는 내가 흘리는 눈물이 아닌 것처럼 나는 정말 아무렇지도 않은데 눈물이 흘러내렸다. 슬픔이나 고통이 임계점을 넘어 전혀 궤를 달리하는 아주 독특한 슬픔은 우울증이 되었고 우울증은 아무리 겪어도 단련이 안 되었다.

어느 날 문득 '이렇게 괴로운 삶을 계속 살아야 하나?'라는 물음이 내 마음 뒷자락에 깔려있었다. 세상살이 온갖 시름을 내려놓고 그만 살고 싶다는 마음이 간절했다.

촉새 같은 시누이 셋과 변덕이 팥죽 끓듯 히스테리 부리는 시어머니와 끝나지 않은 가시밭길 인생은 여섯 살이 지났는데도 걸음마도 못하고 수저도 못 쥐는 미숙아 맑음이까지. 이 아이가 아니라면 죽어도 백번은 더 죽었을 것이었다.

목숨보다 소중한 것이 있을까? 만약 인간에게 목숨이 가장 중요하다면 자살하는 사람이 결코 나와서는 안 될 일이다. 신문에 매일 나오는 사람들. 그러니까 스스로 목숨을 끊는 자살하는 사람들이 있으니까.

생각해 보면 혼란스럽다. 그들에게는 목숨보다 더 소중한 것이 있었기 때문에 자살을 한 것이고. 그것을 얻지 못하니 절망에 빠져 상대적으로 덜 중요한 자신의 목숨을 포기했다는 뜻이 아닐까.

언제부터인가 안락하고 평온하게 죽음만은 편안하게 맞이하고 싶다는 생각이 꿈틀거렸다. 강인한 몸을 가지지 못한 나. 강한 정신으로 불행의 산을 넘더라도 지쳐 가는 피로는 몸에 축적되어 죽음으로 이어지는 지름길에 도달할 것이었다. 날 선 신경 줄에 지쳐 가는 일이 정말이지 끔찍하게 지루했다.

행복이란 무엇일까? 모두가 고통스러운 삶보다 행복을 꿈꾸는 삶을 원하니까. 행복은 만고불변의 진리를 기억해야 이해할 수 있는 아름다움이 아닐까. 삶이 죽음을 향해 가고 죽음과 함께 있다 할지라도 행복하고 아름다워야 할 것이었다.

생각이 지나쳐 세상 모든 이치가 거꾸로 곤두박질치는 듯했다. 세상 모든 물이 바다로 향하는 것은 거스르지 않고 낮은 곳으로 흘러가면서 넓고 깊은 바다에 이르고 바다에 이르면 그곳이 영생불변하는 근원이 아닐까.

자각몽

11

  과거의 나와 현재의 나를 이어주는 기억은 내 의도와는 전혀 상관없이 저장되었다. 어린 시절 모습이 담긴 마음속 아이는 나이가 들어도 사라지지 않은 채 치유하지 못한 상처를 떠올리게 한다.

  가보지 않은 길을 꿈꾸고 동경했던 어린 소녀에게 '꽃'이라는 이름을 짓고 편지를 쓰기로 마음먹은 나는 지금의 모든 사정을 다 써 보내는 것이 결코 위험한 일은 아니라고 생각했다.

  꽃에게.

  너는 타임머신에 오르는 꿈을 꾸고 그것을 실천하거라. 그것은 너의 소망이고 궁극의 꿈이었으니까. 지금과 다른 시간 속의 길을 걸으며 로망을 실행에 옮기거라. 여행하기 전의 너와 조금은 달라져 있을 거야.

  가끔은 그저 TV 화면 저 멀리 존재하는 사람 같다고 할까. 30년 세월의 간격이 흘렀어. 네가 어렸을 때 차마 알아채지 못했던 웃음 뒤의 표정들이 이제는 느끼게 되고 보이게 되었어.

힘이 들 때, 화가 날 때 그리고 슬플 때도 웃으며 견디려고 노력했었던 수많은 생각과 말들을 그저 흘려보내야 했었지. 너는 내 안에 존재하는 한 명의 사람으로서 나의 하소연을 들어줄 수는 있을 거라고 믿어. 이 글을 읽고 있을 너는 어떤 표정을 짓고 있을까?

나의 꽃에게.

너의 생각과 말들이 다른 누군가에게서 쏟아지는 숱한 비난과 억눌림으로 짓밟혀지지 않았니? 그동안의 일을 다시 떠올려 보게 돼. 솔직하고 소신 있는 발언들이 특이한 사람이라는 이름 아래 묻혀버리지는 않았었는지.

어느 날 엄마가, 너는 왜 그렇게 너만 생각하니? 라고 말하면 순간적으로 두려움이 몰려왔었지. 내 머릿속에서 나는 나쁜 사람이 되고 그런 이기적인 행동을 한 나쁜 나를 비난했었어. 그래서 엄마와 사소한 갈등만 생겨도 작아지는 내 모습에 무척 괴로워했지.

내가 이기적이라고? 그때는 어쩔 수 없었잖아, 하지만 나는 이기적인 존재를 매우 싫어해. 그렇다면 엄마도 이기적 행동을 한 나를 싫어할 거야. 어떻게 하지? 더 노력해서 엄마에게 내가 마음이 넓은 사람처럼 보여주어야 할까? 지금도 이미 많이 힘든데 어떻게 더 넓어질 수가 있을까?

사람은 원래 이기적인 존재가 아닐까? 그래, 내가 이기적인 것이 뭐가 잘못이야? 어린 네가 품고 있는 생각과 말과 가지고 있는 꿈과 순수한 생각을 망가트리지 않은 채 그대로 두고 싶은데….

오래전에 있었던 아버지의 죽음! 그때부터 나는 엄마와 더 많은 대립각을 세웠고 시간이 지나는 동안 많은 변화가 있었지.

아버지가 살아계실 때도 엄마의 편애 성향은 나를 불편하게 했고 많은 지장을 주었어. 아버지가 돌아가신 후에 더욱 그전보다 행복하지 않았어. 아마도 아버지가 나에게는 엄마보다 훨씬 더 중요한 역할을 했던 것 같아.

아버지와 함께 살던 그 집을 떠나 한참 후에 지금 사는 이곳으로 이사를 왔어. 그래서 너는 거의 알 수가 없을 거야.

편지를 손에 든 나는 오랫동안 책상에 앉아 있다가 마침내 편지를 주머니에 넣고 내 방을 나와 엄마의 방으로 들어갔다. 평소 같으면 굳이 그렇게 할 필요가 없었다.

햇빛이 비치는 오전인데 엄마의 방이 무척이나 캄캄해 깜짝 놀랐다. 커튼을 걷자 창을 통과한 빛이 비스듬히 방바닥에 누워 있는 엄마의 어깨를 타고 성경책으로 흘러내렸다. 엄마의 낡고 오래된 성경책에서 미묘한 적의가 느껴졌다. 엄마와 나 사이에 놓인 걸림돌인양 이물감을 느끼게 했다. 방 한쪽에는 세상을 떠난 아버지가 남긴 보훈 증서와 기념물이 놓여 있었다.

"어쩐 일이냐."

내가 방 안으로 들어서자 엄마가 반쯤 감은 눈을 떴다. 엄마가 입고 있는 실로 짠 묵직한 스웨터는 세월의 때가 묻어났다. 엄마의 별로 깨끗하지 않은 스웨터가 나를 서글프게 만들었다.

"엄마는 여전히 그대로네요. 그런데 방 안이 너무 어두워요."

"난 괜찮아."

"창문도 닫으셨네요?"

"난 그렇게 하는 게 더 좋다."

"방 안 공기가 탁해요. 창문이라도 열고 계셔요."

엄마는 펼쳐 놓았던 성경책을 덮었다. 그 모습을 본 내가 엄마에게 말했다.

"사실 제가 엄마에게 오래전부터 하고 싶은 말이 있었어요. 어떤 여자가 오랜 노력 끝에 아기를 가졌는데 몹쓸 병에 걸렸죠. 의사는 치료를 위해서 어쩔 수 없이 아기를 포기해야만 한다고 했어요."

엄마의 눈치를 살폈다. 나는 엄마의 움직임을 아주 선명한 눈으로 뒤쫓으면서 이야기를 계속했다.

"하지만 여자는 단 한 점의 망설임도 없이 거부했어요. 내가 살기 위해서 아이를 포기할 수는 없다고. 그리고 열 달 동안 여자는 천천히 죽어갔어요. 엄마의 뱃속에서 생명의 힘을 빨아들인 아기는 건강하게 태어났지요. 여자의 선택을 안타까운 마음으로 지켜보던 의사는 아기가 태어나서 울음을 터뜨리는 순간 모든 생명 활동을 멈춘 엄마에게서 천천히 호흡기를 떼었어요. 그 순간만큼은 모두 모성애라는 지고지순한 사랑의 힘이 가진 깊은 울림을 느끼게 되었지요."

엄마가 의아한 표정을 지으며 말했다.

"무슨 말인지 통 모르겠구나."

의미심장하다는 표정으로 바뀌며 엄마는 목소리에 힘을 주어 말했다.

"할 말이 많은가 보구나. 그래, 계속해봐라."

"다른 이유는 없어요. 엄마는 저의 어린 시절이 기억나세요?"

엄마는 대답 대신 물끄러미 나를 바라보았다.

"지금은 엄마가 많이 늙고 약해졌어요. 그래서 처음에는 아무 말도 하지 않으려고 했어요."

내 말에 엄마가 반응했다.

"그런데 너의 생각이 달라졌다 그 말이냐?"

"네, 그렇지만 엄마한테 한번은 묻고 싶었어요."

"난 이미 지난 일들은 말하고 싶지 않다. 네 아버지와 옥이가 세상을 뜬 후 여러 가지 안 좋은 일들을."

엄마도 할 말이 많은 얼굴로 계속 말을 이었다.

"난 이제 기운도 없고 기억력도 없어져서 많은 기대는 하지 마라. 내가 이렇게 된 것은 나이 탓이고 네 아비의 죽음이 너보다 나에게 훨씬 더 많은 충격을 주었기 때문이야. 제발 부탁인데 날 힘들게 하지 마라. 이런 건 모두 사소한 일이고 아무런 가치도 없는 일이니 더는 날 괴롭히지 마라."

엄마는 이가 없는 입을 크게 벌리며 말했다. 그러자 나는 당황해서 벌떡 일어서며 대답했다.

"제가 무얼 생각하는지 아세요? 엄마가 여기 컴컴한 동굴 같은 곳에 앉아서 낡고 오래된 성경책만 보고 계시니까요. 엄마는 창문을 모두 닫아놓고 있는데 엄마에게는 맑은 공기가 필요해요. 밝은 햇볕도 쪼고 웃으면 좋으실 텐데, 이제 더는 안 되겠어요."

엄마가 내 말을 가로막았다.

"도대체 무슨 말인지 모르겠구나. 사람은 실수하고도 배우지 않는 사람이 있으며 지독한 고생을 하고도 깨닫지 못하는 사람이 있단다."

더는 엄마와 대화를 진행하기가 쉽지 않았다. 그러나 나는 계속해서 말했다.

"엄마는 아무런 변화가 없어요. 옛날이나 지금이나 똑같아요. 그렇지만 시간이 많이 흘렀어요. 엄마가 약해지셨어요. 엄마는 지금 휴식이 필요해요. 제가 옷 갈아입는 것을 도와 드릴게요."

백발이 흐트러지고 머리를 푹 떨구고 있는 엄마 곁에 바짝 붙어 섰다. 그러자 엄마가 움직이지도 않은 채 나지막이 말했다.

"선아."

엄마의 지친 얼굴에서 눈동자가 눈언저리까지 가득 차도록 부릅뜬 채 나를 노려보는 것을 보았다.

"넌 도무지 믿을 수가 없구나."

"제발 저에게 차갑게 대하지 말아주세요."

엄마를 방바닥에서 일으키자 힘없는 모습으로 그대로 서 있었다. 엄마의 해묵은 스웨터가 내 눈에 들어왔다.

"아버지가 돌아가시고 나서 엄마는 저에게 삶의 무게를 몽땅 내려놓고 심지어 나를 이용했어요. 난 알면서도 희생을 감내했고요. 나의 희생이 없었다면 지금의 행복이 있었을까요?"

"그래, 우리는 종당에 모든 것을 다 잃었지. 옥이를 하늘나라에 보내고 나서…. 그러니까 하나님 말씀으로 생명이 흘러넘치는 샘을 찾아야지.”

“이제 그만 집착을 내려놓으세요.”

엄마가 한동안 반응하지 않았다. 그러나 그것이 중요하지 않았다. 나는 계속해서 내가 하고 싶은 말을 했다.

“엄마에게 가장 소중한 것은 무엇이었나요? 엄마는 저를 좋아하지 않았어요. 그 당시 엄마가 아버지를 그대로 빼닮은 제 말에 귀를 기울이지 않고 외면했잖아요. 잘 생각해 보시면 틀림없이 기억이 나실 거에요.”

엄마는 갑자기 중얼거리기 시작했다.

“이것만 내가 안다. 난 아는 것이 없어. 베드로에게 닭이 울기 전에 세 번 부인할 것을 미리 말할 수 있음은 밝은 눈이 있었기 때문이고 이런 하나님을 닮아 맑음과 더움과 그득함을 이룬 자는 복 되리라.”

이야기를 되풀이하는 엄마의 목소리가 카세트 녹음기 재생 버튼을 누른 것처럼 선명하게 들렸다

“이러한 상념에 사로잡혀 본 사람은 복되다.”

그러는 사이에 나는 엄마를 다시 방바닥에 앉게 했다. 해묵은 스웨터를 벗기려고 하자 엄마가 말렸다.

“놔둬.”

다시 엄마의 양말을 조심스럽게 벗겼다. 핏기없는 누런색 발이 드러나고 하얗게 각질이 일어난 피부는 잔주름이 쪼글쪼글했다. 앙상한 엄마의 발을 보자 측은한 마음이 들었다.

엄마를 두 팔에 안고 침대를 향해 몇 발자국 떼는 동안 뭐라고 계속 중

얼거렸다. 자세히 들어보니 대충 이런 내용이었다.

"네 아버지는 나를 아주 숨 막히게 했어. 빈틈없는 완벽한 성격이 나를 숨 막히게 하고 주눅 들게 했지."

나는 재빠르게 엄마 말을 얼른 이어받았다.

"그래서 아버지 닮은 저를 미워했지요."

엄마의 눈빛이 다시 반짝였다. 무심하게 암송하던 문구를 외우듯 중얼거렸다.

"하나님이 친히 새겨 주셨다는 돌판을 땅바닥에 팽개치는 모세를 하나님은, 천하에 가장 겸허한 인간이라 부르고 내게 무슨 죄가 있다고 이다지도 들볶으시느냐? 고 따지는 욥을 가리켜 '나의 종'이라 부르고 어쩌면 날 이렇게 버릴 수 있느냐? 고 대드는 하나님을 내 마음에 꼭 드는 자식이라고?"

엄마는 벽에 걸린 시계를 올려다보았다. 시간을 확인하는 엄마의 눈빛이 알 수 없는 섬뜩함을 느끼게 했다. 그 얼굴이 어쩌나 심각한 모습이었는지 침대에 바로 눕힐 수가 없었다.

"하나님은 열등의식의 소유자가 아니다. 그러므로 하나님 앞에서 비겁하게 굴지 말라! 하나님은 속으실 분이 아니다!"

엄마는 나와 상관없이 기억에 뿌리 박혀있는 문구를 달달 외우고 중얼거렸다. 어쩌면 삶이 너무 고통스러워 피하고 싶을 때 달아난 흔적으로 보였다.

"이제 편하게 쉬세요."

한숨을 쉬며 만류하는 나를 외면하고 엄마는 기계적으로 암송했던 문구를 달달 외우려고 애썼다.

"말씀 공부한 기억만 남았죠?"

엄마는 고개를 끄덕이며 집중하려고 애썼다.

"우리가 기다림 이외에 무엇을 할 수 있느냐? 불확실해도 살아라. 넓고 깊은 모든 세계를 음미하며 불확실한 채로 살아가라."

엄마를 격려하듯이 고개를 끄덕이며 물었다.

"다른 기억은 없나요?"

그러자 엄마는 내 질문에 대한 대답 대신 성경책을 가져오라고 시켰다. 나는 그런 엄마를 설득시키려고 말했다.

"걱정하지 마세요."

"어서 가지고 오라고!"

"갑자기 옛날 생각이 났나요?"

엄마는 짜증을 냈다.

"나에게 남은 것은 성경책뿐이야."

"정말 해도 너무하네요."

그러자 엄마가 크게 소리치며 벌떡 일어났다.

"아니야!"

엄마의 무서운 얼굴을 올려다보았다.

"넌 아버지를 꼭 빼닮아서 사람들과 적당히 어울려 살기를 바라는 내 말을 듣지 않았어. 아무도 나에게 강요할 수는 없어. 너의 속마음을 꿰뚫어 보는 법을 가르쳐 주라고!"

어린 시절 엄마에게 원망과 불만을 품고 부서지고 갈기갈기 찢긴 마음의 소리가 들려왔다. 어린 나를 왜 그렇게 멀리 밀쳐내야만 했었을까?

"얘야, 나 좀 봐라!"

엄마가 부르는 소리에 나는 거의 얼빠진 사람처럼 모든 사태를 파악하기 위해 엄마의 손을 잡았다. 그러나 엄마의 태도가 차갑고 냉정하게 바뀌어 말하기 시작했다.

"너는 나를 모른다."

엄마는 오래전에 부엌에서 넘어져 다친 팔의 흉터를 보여주었다. 그리고 나서 두 팔을 이리저리 휘저었다. 다 알고 있다는 듯이 엄마의 얼굴 표정은 환하게 빛났다.

아주 오래전에 엄마의 방문 밖에서 두 귀를 쫑긋 세우고 엄마와 경이의 말소리를 집중해서 들은 적이 있었다. 한눈팔지 않고 엄마의 모든 것을 완벽하고 자세하게 기억해야겠다고 그 순간에 결심했었다. 오래전에 잊어버리고 있던 그 결심이 지금 이 순간 다시 떠올랐다가 마치 비 온 뒤 무지개처럼 금방 사라졌다.

"내가 너의 마음을 몰라주었다고? 경이가 물과 기름처럼 겉돌고 아파할 때 넌 너밖에 몰랐어. 그 아이가 느끼는 소외감과 고립감을 넌 비웃었지. 너의 뜬구름 같은 이상을 좇아서 전력으로 질주하는 난폭한 기차에서 우리는 벗어나고 싶었어."

엄마는 이렇게 외치고는 손을 이리저리 흔들어 대면서 자기 말을 반복했다.

"그래, 너와 똑같이 닮은 너의 아버지가 죽고 나서 엄마한테 어떤 즐거움이 있을 줄 알았느냐?"

엄마는 몸을 부들부들 떨면서 그동안 말하지 못했던 회한에 젖듯이 명한 눈으로 나를 응시했다.

"말해봐라. 대답하는 순간만이라도 나의 진정한 딸이 되어다오. 뒷방에 눌러앉은 이미 뼛속까지 늙어버린 어미에게 뭐가 더 남아 있겠니? 너를 낳아 준 내가, 내가 너를 사랑하지 않았다고 생각하니?"

엄마의 사자 후로 놀란 그 순간 나는 머릿속에 스쳐 지나가는 생각이 있었다.

'제발 좀 그만했으면! 아버지에 대한 원망이 서려 있는 지긋지긋한 저 표정과 눈빛, 이젠 앞으로 영원히 포기할 거야!'

조금 뒤 엄마는 기가 막히는 표정으로 한숨을 내 쉬며 천장을 바라보았다. 그리고 멀리 떨어져 서 있는 나를 무심하게 바라보며 다시 말했다.

"난 네가 필요 없어! 넌 이기적이고 너밖에 몰라. 그렇지? 착각하지 마라! 아직은 내가 훨씬 강하니까."

나는 엄마의 말을 도저히 이해할 수 없었고 믿을 수 없다는 듯이 얼굴을 찡그렸다.

"정말 너무하네요."

이 세상에서는 엄마를 도저히 용서할 수가 없었다. 나는 엄마를 비상식적인 인간으로 만들어 버릴 수 있다고 생각했다. 단지 지금 한순간만이라도.

"어렸을 적 그 아이는 다 알고 있어. 내가 왜 그렇게 살아야 했었는지를. 그 아이는 이미 다 알고 있단 말이야."

엄마는 너무 흥분한 나머지 한쪽 팔을 머리 위로 흔들며 휘젓더니 소리쳤다.

"그 아이는 모든 것을 너보다 백배 천배는 더 잘 알고 있다고!"

"아니요. 몰라요."

엄마를 비웃듯이 내가 소리쳤다. 그러자 엄마가 다시 목소리에 힘을 주었다.

"이렇게 철들기까지 네가 얼마나 오랫동안이나 꾸물거렸는지 알고 있니? 결국, 네 아버지는 세상에 없지만 너는 보란 듯이 불행을 헤쳐나왔지. 네 아버지는 이렇게 기쁜 날을 겪어 보지도 못한 채 세상을 떴구나. 그리고 보다시피 내가 어떤 신세인지는 네가 더 잘 알 거다. 어디에도 기댈 곳 없이 성경책에 의지하고 살아야 했던 나를 정말 모르겠다는 말이냐?"

엄마 말에 내가 소리쳤다.

"그러니까 엄마는 그동안 내 마음을 살폈던 거군요?"

그러자 안쓰럽다는 듯이 엄마가 대답했다.

"넌 틀림없이 너의 한 맺힌 절규를 나에게 말하고 싶었을 거야."

엄마는 더 큰 소리로 말했다.

"지금까지 넌 오직 너밖에 몰랐어! 너는 본래 한없이 올곧고 순진한 아이였어. 하지만 더 정확히 말하면 넌 너밖에 모르고 나하고 뜻이 전혀 맞지 않았어."

그 순간 방에서 내몰린 듯한 느낌을 받고 나는 몸을 돌렸다. 조금 뒤 '쿵'하는 소리와 함께 뒤쪽에서 엄마가 침대 아래로 넘어졌다.

소녀 시절 아버지가 자랑스러워하는 딸이었던 그 시절로 돌아가려고 몸부림쳤다.

"아버지, 전 항상 당신의 소중한 보물 같은 딸이었습니다!"

평범하게 입을 벌려 말하고 있는데 우렁우렁하게 울리는 느낌이다. 귀가 아니라 머릿속에 박히는 듯한 감각, 언어가 아니라 말 속에 담긴 의사가 직접 와 닿는다. 비현실적으로 느껴지는 지금의 상황은 진짜로 현실이 아니라 꿈이며 그것도 보통 꿈이 아니라 자각몽이었다.

내가 행복하지 않은 것에 언제나 의문을 품었던 나는 잠이 들어 꿈을 꾼 것일까. 꿈속 시간은 경계가 없고 시작도 끝도 없는 무한한 시간대에서 나의 모습과 의식으로 머무는 시간은 아주 잠깐일 뿐. 나를 중심으로 그것과 이것을 구별하기에는 찰나의 시간이지만 고백하자면 내 안의 상처를 끌어낼 용기를 품게 한 것은 바로 행복이라는 문제였다.

불행한 내 삶을 설명하기 위해 엄마에게 받은 상처를 떠올리는 일은 어리석은 변명처럼 들리겠지만 내가 겪은 고통과 두려움이 지금까지 나에게 영향을 주는 것은 아니었을까.

나를 배척하는 감정은 성장하지 못하게 억누르고 아프게 하는 것이었다. 고통을 느끼지 않기 위해 무의식적으로 감정을 회피해 오던 내가 의식을 가지고 아무리 잘 극복하려고 노력해도 더 나아지지 않았다. 내가 무엇을 피하려고 하는지, 무엇을 부정하고 있는지 알고 싶었다. 그리고 무의식을 변화시키려고 내면의 어린 나에게 거울을 보며 말을 걸었다.

"이제 너를 사랑하는 방법을 배우고 부정적인 생각을 떠나보낼 거야. 너를 혼내지 않고 있는 모습 그대로 받아들일 거야. 너는 최선을 다하고 있어. 너의 생각과 말들은 그대로 가치 있어. 반드시 변할 수 있어. 너를 사랑한다!"

움츠러들어 있는 내 안의 상처에게 괜찮다고, 걱정하지 말라고 안심시키는 말을 끊임없이 해줘야지. 내 안에서 사랑이 터져 나와 가족들에게 흐를 때까지!

괜찮아, 봄이니까

12

앰블런스 한 대가 급하게 사이렌을 울리며 아파트 202동 앞에 멈췄고 이동식 침대에 누군가 실려 나왔다. 사고는 내가 아닌 타인에겐 호기심의 대상일 뿐. 그저 추수 전 누렇게 물든 들판을 바라보는 느낌이랄까. 시나브로 스며든 찰나의 순간 나의 육신이 어디선가 나를 바라보고 있었다.

사건이 일어나기 전에는 모든 일이 전조라도 된 것처럼 수많은 꼬리표를 달고 일렬로 죽 늘어서지만, 전조는 항상 사건이 벌어진 이후에 존재감을 드러내는 법이다.

거실에서 빙글빙글 동그랗게 원을 그리듯 돌고 있는 내 몸에서 기운이 빠져나가고 의식은 희미해졌다. 팔과 다리, 몸이 마비되고 심장에서 출발한 뜨거운 기운이 정수리 백해를 타고 빠져 나가버린 느낌이랄까. 가쁜 숨을 몰아 내뱉는 그 순간 갑자기 눈을 떠야만 할 것 같은 느낌이 들었다.

이럴 수가! 눈을 뜬 순간 내가 나를 위에서 내려다보고 있지 않은가!

나는 귀신같은 존재에 관한 이야기를 믿지 않았지만 이것이 가위눌린 것이구나! 라고 느꼈다. 하지만 무엇인가 이상했다. 가위눌림은 그 자리에서 눈을 뜨고 몸이 굳어야 했는데 내 몸은 홀가분하고 자유분방했다. 유체이탈인가. 가위눌림인가.

계속해서 거실 한가운데를 빙글빙글 돌고 있을 때 눈앞에 우수수 형광물고기 같은 별들이 쏟아져 내렸다. 저 별들은 어디에서 왔을까? 깊은 물웅덩이 같은 그 밑바닥에는 무엇이 고여 있을까? 별들은 메밀꽃처럼 환하게 흐드러지고 아름다워서 슬프기까지 했다.

사람이 죽어서 하늘로 올라가 별이 된 것이라고. 또 사람이 세상에 태어날 때마다 별자리에 특이한 움직임이 있다는데 나, 하늘에 별이 된다면 가끔은 날 기억해 주는 사람이 있을는지. 고귀하게 빛나는 별과 순수한 양을 합쳐 비유한 알퐁스 도데의 '별'은 인간의 순수한 영혼과 외로움을 상징하는 메타포가 아닐까.

갑자기 들려오기 시작하는 어떤 목소리가 엄청 크게 웃어댔다. 스펀지밥처럼 괴기스럽고 장난스럽게 와 하하하, 웃어댔다. 여운을 남기며 웃음소리가 공간으로 사라지고 거실 중앙에 걸려 있던 시계 소리가 엄청나게 크고 또렷하게 째깍째깍 들려왔다.

내 모습은 사시나무 떨듯이 바들바들 떨었고 세상이 온통 까맣다. 내몸은 움직이지도 못하고 몹시 당황했다. 아주 잠깐 사이 죽음의 이 순간 신이 죽음을 기념하여 잔치를 열어준다면 좋겠다는 생각이 스쳤다. 나는 애써 불길한 생각들을 뿌리치려고 몸부림쳤다.

생각은 스치고 지나가 버리는 바람 같은 것이 아니었다. 생각이 고이면 궁리가 생기고 곁가지가 생기게 마련이다. 익숙한 곳에서 생소하고 낯선 공간으로 가기 위한 마음의 준비가 필요하다.

주변 소리와 보이는 것들이 환각처럼 또렷하게 들려왔다. 응급실 한편에서 심폐 소생시키려고 분주한 의료진의 모습이 일사불란하게 움직였고 내 몸과 영혼이 분리가 되어 유체이탈했다.

나를 둘러싼 모든 관계로부터 격리되었다. 곁을 지켜주는 사람 아무도 없는 지독한 소외만 남은 그것이 마지막이다. 세상 가운데 홀로 던져진 외로움만이 남았다.

의료진들의 움직임과 의료기기 소리를 들으며 누워 있는 나를 그저 바라보았다. 주사바늘을 꽂은 내 몸에 무의식이 작은 혈관을 타고 온몸에 퍼졌다. 무의식은 착각이라는 이름으로 동맥을 타고 나를 점령했다.

약효가 모세혈관 깊은 곳에 침투하고 세포와 세포 사이에 꽉 들어차는 데는 그리 오랜 시간이 걸리지 않았다. 착각은 아드레날린 분비를 촉진했고 아드레날린은 심장에 집중했다. 심장의 근육은 온 힘을 다하여 펌프질 했다. 그곳에서 출항하는 뱃고동처럼 부우부우 소리가 났다.

영혼의 신체적 능력은 공간을 초월하고 어디든 갈 수 있다. 순간 이동도 가능하며 폐쇄된 공간도 자유로이 이동하지만 영혼의 사고 수준은 죽기 전과 다를바 없었다. 더 똑똑해지지도 지혜로워지지도 않는다. 죽는 순간 육체만 잃고 물리력만 잃을 뿐이다.

중환자실에서 독한 소독약 냄새가 배어있는 허공을 이리저리 휘저었다.

꿈과 현실을 혼동했다. 사람들의 말소리가 들려오고 나는 바닷가에서 사람들 무리에 섞여서 우왕좌왕했다.

"배를 타야 하는데 태풍이 와서 이를 어쩌지?"

태풍에 발이 묶여 안타까운 마음으로 배를 기다렸다. 그러나 눈앞에는 성난 파도만 출렁이고 바다에 배는 하나도 보이지 않았다. 끝없이 펼쳐진 무한한 하늘과 바다가 일직선으로 펼쳐진 끝을 알 수 없는 무한한 평면이 오히려 두려움이었다.

백만 번 듣고 나는 파도가 바다의 운명이라면 멀미로 기억을 잃는 편이 더 낫지 않을까. 흔들리는 파도와 바다는 하늘과 하나가 되어 공포에 빠져들게 했다. 바스라지는 파도 알갱이마다 햇살이 내려와 박혔다. 싸울 듯 노려보고 있으면 어느 순간 눈은 초점을 잃고 경계는 흐릿해졌다.

아무런 색깔도 없는 무색의 고요함이 나를 붙들어 세우고 내 몸과 영혼이 분리되어 방황하는 나에게 아버지가 조용한 장소에서 기다리는 수밖에 없다고 말하는 것 같았다.

나는 아무 말 없이 조용히 한참을 기다렸다. 어느 문 앞에서 백발을 하고 수염을 가슴 아래까지 길게 늘어트린 도인을 발견했다. 나는 도인에게 다가가 문 안으로 들어가게 해 달라고 부탁했다. 그러나 도인은 무표정한 얼굴로 말했다.

"지금은 들어갈 수 없어."

단호하게 문 앞을 막아섰다. 풀리지 않는 암호는 여전히 나를 기다리고 있었다.

"그렇다면 어떻게 해야 들어갈 수 있나요?"

그러자 도인이 대답했다.

"삶의 화두를 깨달았느냐."

상처 난 내 눈동자에서 흐르던 투명한 눈물방울이 영롱한 옥구슬이 되어 반짝이던 찰나의 순간을 떠올렸다.

"세상은 안과 겉을 구별할 수 없는 뫼비우스 띠와 같지. 한쪽을 분리해서 없애버리면 모두 죽을 수밖에."

도인이 옆으로 살짝 물러서자 나는 문틈으로 안을 들여다보려고 몸을 굽혔다. 착각이었을까? 문 안의 방은 평화로워 보였다. 그러자 도인이 내 모습을 보고 말했다.

"그렇게 들어가고 싶나?"

도인은 의자를 내주고 문 옆에 앉아 있게 했다. 이런 순간의 어려움을 예상하지 못했다. 나는 의자에 앉아서 지나간 삶의 회한을 떠올리면서 문 안으로 들어가는 허락을 받기 위해 애걸하는 동적인 기대가 맞물려 왠지 벗어나고 싶은 기피 감에 몸을 떨었다.

온전히 내 뜻대로 되지 않는 열등감과 미움, 남다른 나의 취향에 대한 뒤틀린 자만감을 거울에 비추듯 반사해냈다. 모순적인 느낌을 동시에 느끼며 난 속이 울렁거렸다.

복합적인 감정이 밀려와 온몸이 비틀거렸고 눈가는 부들부들 떨리고 머릿속엔 막다른 전율이 일어났다. 지금 이 불안한 상황은 무엇일까?

걸어온 길을 발로 툭 차버리고 오늘도 던져버리고 싶을 정도로 귓구멍을 울리는 '너는 착하다.' '똑똑해.' 그것은 인위적인 열정이었고 동시에 가면이었다.

심장이 고장 나 그르렁거려도 아무 일 없다는 듯 또 그런 사람으로 그냥 남아버리려는 것이냐? 난 놓치지 않고 나를 비난했다. 그리고 눈을 부라리며 주저앉았다.

불안정한 내 인생의 노력은 두려움으로 가려져 풀어내지 못한 채 올가미에 묶였다. 지나간 날의 열정은 순식간에 박제된 형태가 되어 더 나아가지 못하고 먼지가 되어 쌓였다.

"문 안으로 들어가는 것조차 쉬운 일이 아니야!"

내 몸은 뻣뻣하게 굳어가고 더 일으킬 수가 없었기 때문에 도인에게 손짓을 보냈다. 주위가 정말로 어두워진 것인지 아니면 눈이 착각을 일으키는 것인지조차 제대로 알지 못했다.

어둠 속에서 문 안으로부터 새어 나오는 한 줄기 찬란한 빛을 보았다. 이제 나는 문 안으로 들어갈 수 있을 것인가.

"이제 깨달았느냐?"

내 마음속을 읽은 도인이 나에게 다가와서 말했다.

"어차피 들어갈 것을요."

어렴풋하게 꿈의 형체를 보았다. 그러나 평소보다 더 바스러진 오늘의 몽상에 대해선 아무것도 말로 풀어낼 수가 없다.

의식은 그대로 진행 중이었다. 그렇지만 아직도 몽롱한 상태였다. 베개에 눌려 살짝 벌어진 내 입술, 새근새근 규칙적인 숨을 내쉬는 코. 그 모든 움직임이 눈물겹도록 소중해서 나는 지긋이 바라보았다. 이럴 때 아버지가 '짠' 하고 나타나서 나를 재워주면 좋을 텐데 하고 생각하는 순간 누군가의 말소리가 또렷하게 들렸다.

"아버지. 아버지."

반쯤 감겨있던 내 눈이 번쩍 떠졌다. '아버지' 그 단어가 나에게 어떤 의미인지 알 수 없었지만 밀려오던 졸음을 단번에 쫓아낼 만큼 커다란 존재였나보다.

"인공심장박동기 이식 준비해."

병원에서 완전 방실 차단 진단을 내렸다. 인공심장 박동기는 일정한 리듬으로 심장 근육에 전기자극을 보내 인위적인 심장 수축을 발생시키는 의료기기다.

차갑게 식어있던 내 몸에 온기가 퍼져나갔다. 따스한 체온이 내 몸 여기저기 어루만지며 녹여주었다. 그제야 먹먹하던 감각들이 서서히 깨어나기 시작하며 얼마 떨어져 있지 않은 병상에 죽은 듯이 잠들어 있는 내가 보였고 괜찮아, 괜찮아, 다 잘 해결됐어. 사람들의 목소리가 들려왔다. 코 밑에 닿아 있는 누군가의 옷깃에서 체취가 느껴졌다.

"이제 괜찮아. 호흡이 돌아왔어. 맥박도 느리지만 뛰고 있어."

분주하게 움직이던 의사의 손길이 차분해졌다.

"전기 신호에 문제가 생긴 방실 차단이야."

위기의 순간을 넘기고 의사가 하는 말이었다. 심장이 한번 뛸 때는 심방, 심실 순서로 수축이 이루어지게 되는데 전기 신호가 먼저 심방에 가서 심방을 수축시키고 그 신호가 심실로 전달되는 거라고. 나는 전기 신호에 문제가 생겨 심장 박동이 비정상적으로 느려지고 심장 정지의 순간을 맞이했다.

창문으로 들어온 먼지가 내 어깨에 내려앉으면 밤마다 악몽에 시달리더니 오늘은 유난히 몸이 가볍다. 나는 이제 어떻게 돌아가지? 라는 생각만으로 온통 잠겨 있을 때 맞아 본 적 있는 느낌으로 낯익은 번개가 지그재그로 통통 튀면서 재빠르게 날아와 심장을 뚫고 허공을 가른다. 난 이제 죽었구나! 하나둘, 셋, 넷, 눈을 감고 숫자를 세는 순간 눈부시게 환한 빛으로 수많은 별 무리가 우수수 쏟아져 내렸다.

늦은 밤 응급실은 사람들로 붐볐다. 온몸이 식은땀으로 젖었고 다리 한쪽에는 쥐가 났다. 내 몸은 멀쩡히 나의 의식 밑에 붙어있었다. 숨 가쁘게 뛰어다니는 간호사와 의사, 고통스러운 신음을 흘리는 환자와 고성방가하는 취객까지, 사람들은 비틀거리며 방황했다.

일요일 오후 종합병원은 북적대던 평일과 달리 한산했다. 나처럼 다급하게 일정이 잡힌 사람들만 바쁘게 움직였다. 상급 병실 배정을 받고 큰 숨을 내쉬었다. 간호, 간 병 통합 서비스 병동 5인실에 자리가 있었다.

"고맙습니다."

나도 모르게 고개를 꾸벅 숙였다. 병동은 쾌적한 분위기로 보호자나 간병인 없이 지낼 수 있는 곳이었다. 간호사실 바로 앞에 병실이 배정되어 30분마다 간호사가 드나들며 환자의 상태를 보살폈다. 간호사 중 유난히 살가운 분이 커튼을 제치고 손을 흔들며 환한 미소로 예쁘게 웃어 주었다. 다음 날 심장박동기 삽입술에 관한 설명을 들으며 살짝 겁이 났다. 자정부터 금식이다.

새벽에 잠이 깬 나는 병실 앞 복도를 서성거렸다. 아침이 밝아 와 수술방으로 향하는 길이 마치 미로 같았다. 침대에 누워 낯선 곳의 불빛을 따라가는 눈이 허룽댔다. 인공심장박동기 삽입은 수면 상태에서 마취로 이뤄졌다. 만약을 대비해 손발을 꽁꽁 묶었다. 주치의가 인사를 했고 그다음은 아무 기억이 없다.

병실로 돌아와 꼼짝없이 누워 있었다. 수술 부위 통증은 한밤중에 스멀스멀 시작되었다. 새벽에 잠이 깼다. 수술 부위를 칭칭 동여맨 붕대로 갑갑증이 일자 불현듯 죽음이 내게도 닥칠 수 있다는 생각이 밀려든다.

잠들지 못하는 이 시간 백색 소음 빗소리를 들으려고 눈을 감고 상상한다. 진짜 빗소리처럼 사람의 마음을 부드럽게 하지는 못 하지만 워낙 비를 좋아해선지 그런대로 괜찮다. 호박잎으로 내리는 빗줄기와 차도 위로 내리는 빗줄기. 강 위에 내리는 안개비처럼 내가 보아왔던 그 수 많은 빗줄기 들을 기억 속에서 꺼내 빗소리와 섞는다.

그렇게 잠이 들어도 또 깨어서 시계를 보면 한 시간밖에 지나지 않았다. 이제 새벽 3시구나! 4시 반? 서너 번쯤 잠이 깨고 다시 또 잠이 들려면 한참을 기다려야 한다. 새벽녘에 잠을 기다리는 시간은 낮의 시간과 달리 밀도가 높아 굉장히 길게 여겨졌다. 낮의 시간 십 분과 눈을 감은 채

잠을 기다리는 시간의 십 분은 달랐다. 새벽에 잠깐만 잠이 깨도 그 시간이 굉장히 길게 여겨졌다.

깊이 잠 못 들고 반쯤 귀를 열어놓고 잠자리에 드는 것은 내 깊은 본성 어디쯤에는 혹시 세상에 대한 미련이 많은 걸까. 세상이 미덥지 못한 걸까.

오늘처럼 생각이 많은 날, 먹장구름이 몰고 온 하늘이 슬픈 날이면 김진의 안부를 물어볼 곳 없는 아쉬운 마음이 나도 모르게 한숨으로 터져 나왔다.

맑음이를 낳고 병원으로 달려온 그는 한동안 아무 말 없이 눈을 감았다가 뜨면서 말했다.

"장애아이를 감당할 수 있겠어? 난, 남들에게 손가락질과 편견에 시달리면서 사는 걸 원하지 않아! 시설에 맡기던지 미국으로 입양 보내는 것이 어때?"

입양이라는 말조차 차마 꺼낼 수 없는 나에게 그는 설득하려고 애썼다.

"한국에서 장애아이가 살아가려면 너무 큰 고통과 가시밭길이야. 무엇보다 장애로 왕따 당하며 생활이 빠듯해 궁핍하게 살아가야 한다는 사실이야. 미국은 장애 아동을 잘 돌봐 준다고 들었어. 미국으로 입양 보내는 것이 우리를 위한 현명한 선택이야."

그의 말이 얼음처럼 차갑게 내 가슴을 후벼팠다.

"모두 내가 안고 가야 할 운명이에요."

굳은 얼굴로 말하는 나를 답답하다는 듯 그가 깊은 한숨을 토해냈다.

"현실을 똑바로 바라봐요. 맑음이를 위해서 우리 서로 냉정해집시다."

사람과 사람 사이에 흐르는 깊은 강을 보았다. 김진과 나 사이에 흐르는 강은 건너지 못할 슬픔의 강이었다. 그가 바라보는 현실과 나의 양심은 마음의 거리를 만들고 어떤 것이 옳은지에 대한 정답이 없는 그저 좌절의 강이 되어 흘렀다.

맑음이를 포기할 수 없는 나의 양심 때문에 그에게 상처를 주었을까? 또 내가 상처받았을까? 김진과 나는 맑음이를 사이에 두고 행복을 공유하지 못했다.

혼자 남겨진 상처가 이렇게 클 줄 알았으면 그의 곁에서 차라리 잠이 들고 말 것을…. 사랑은 잃어버린 후에 그 소중함을 깨닫고 미련 가득한 후회와 상처가 되어 남았다. 내가 옳다고 생각하는 것을 아무리 증명해도 결과적으로 아무도 행복해지지 않았다.

맑음이를 낳고 첫 돌이 되었을 때 연락이 끊어진 김진을 붙잡고 싶은 욕망이 꿈틀거리고 내 마음 깊은 곳에 숨어 있던 아픈 가시가 살아서 움직이듯 나를 괴롭혔다. 스쳐 가는 그 모든 것들이 나에게는 상처가 될 뿐이었다. 상처의 기억을 삭이는 고통은 암흑의 얼음벽이 되었고 임계점을 넘어 분노와 죄의식으로 나를 가두었다.

봄이 저렇게 온 세상에 가득 차 있는데 내게 다가오는 봄은 얼마나 작은 부분인가. 내가 느끼는 아주 작은 부분을 정말 봄이라 할 수 있는가. 책을 읽어도 밤하늘의 별을 찾아봐도, 그 무엇을 해도 충만하지 않고 나의 어떤 행위로도 허전함은 채워지지 않았다.

내 몸에 인공심장 박동기 삽입 수술을 하고 나서 죽음을 생각한다. 죽음에 관한 책을 침대 곁에 두고 잠은 저만치 달아나버린 새벽녘 작은 불을 켜고 죽음의 이야기를 따라간다. 그리고 삶을 통찰하는 행위는 하나의 과제처럼 다가왔다.

같은 병실에는 산소호흡기에 의존하고 가쁘게 숨을 몰아쉬는 환자와 거동을 못 한 채 간호사의 손을 빌려 몸을 뒤척이는 환자가 있다. 그들도 수없이 죽음이라는 단어를 떠올리며 두려움과 회한의 나날을 보내고 있지 않을까?

죽음을 생각하는 내게 꽃비 흩날리던 봄날 남아 있는 시간을 어찌 보낼 것인가 곰곰이 생각한다. 여전히 마음은 시리고 아픈데 웃어야만 할까. 이대로 주저앉아 한 발짝도 뗄 수 없는 지경에 이른다면 어떻게 할까.

혼란스럽다. 이러한 고민마저 삶의 한 부분일 테니. 삶과 죽음의 강렬한 대비에 심장이 해초처럼 흔들리며 죽음을 관찰하는 내가 아니라 죽어가는 나를 발견한다. 나의 죽음이 멀리서 또는 가까이에서 생의 마지막 출구를 향해 한발 또 한발 다가설 때, 영원히 살 것처럼 잊었던 죽음은 현실이 되었다.

죽음을 두려워하는 이 시간 오늘 하루를 어떻게 보내야 할지 고민 중이다. 지금 현재 이 공간을, 내 느낌을 소중하게 다루는 이 아침, 나는 나를 위로한다. 도려내 버리고 싶은 상처와 치부를 드러내는 것이 꼭 부끄러운 일만은 아니라고. 내 삶이 이토록 지리멸렬해진 것을 누군가에게 떠넘

기고 싶은 생각은 추호도 없으니까.

내 인생의 분기점일까. 죽음의 문 앞에서 기적을 체험하고 새로운 의미를 찾는다. 아파도 웃어야만 이길 수 있다는 것을 배웠다. 그리고 마지막에 웃는 내가 되고 싶었다.

한겨울 흩뿌리는 눈은 아주 작고 가벼워서 공간을 부유하는 것처럼 떠돌았다. 봄 오더니 여름 오고 나무 잎사귀 단풍 지며 떨어지더니 한 해가 가고 또 지나갔다. 세월은 흘러가면서 슬픔을 희석하는 묘약이더니 손바닥에 가둔 물처럼 손가락 사이로 지나가 버렸다.

다시 찾아온 봄. 내적 갈등 시간 덕분이었을까. 햇볕에 얼음이 조금씩 녹는 것처럼 무감각해져 꽁꽁 얼어붙은 내 마음이 조금씩 녹자 잃어버렸던 감정을 찾았다. 그동안 나를 인정하지 않고 형편없는 존재라고 생각한 내 감정에 책임을 지기로 한 후 생각의 선순환이 일어나고 있지만 '내가 정말 변할 수 있을까'라는 의심은 여전히 남았다.

지금 나는 나답게 살고 있는가. 인생은 그냥 흘러가는 것이 아니라 노력하면서 만들어 가야 하는 그 무엇이지 않나. 내 상황이 교묘하게 비틀어지고 얽히며 불행한 삶으로 이어졌지만 내 삶이 그것에 완전히 쓰러져 있었던 것은 아니었을 터이니.

4월 바람이 봄꽃 향기를 싣고 거리에 퍼졌다. 새벽바람을 타고 암호처럼 꽃향기가 창가에까지 밀려와 코끝을 살포시 간질인다. 커다란 벚나무가 창가에까지 뻗쳤다. 만발한 꽃송이들이 심장을 뚫고 얼음벽을 부순다.

214

서서히 날이 훤히 밝아지자 상쾌한 햇빛이 쏟아져 들어와 눈이 부셨다. 오늘 아침에는 절대 절망의 나락으로 빠져들고 싶지 않다. 아침이 있다는 것이 이렇게 좋을 수가 있을까! 빨강, 파랑, 노랑, 무지개빛 봄의 기운이 스며들었을까. 벚꽃 향기에 내 마음이 설레어 온다.

때로는 아주 미세한 하늬바람처럼, 때로는 거대한 폭풍이 되어 아버지는 나에게 별빛 가득 담은 우주가 되었다. 메아리처럼 들려오는 아버지 목소리를 가슴에 안고 꼿꼿이 견뎌오던 시간이 이제는 낡은 사진첩에 흑백사진으로 남은 듯하다. 무엇일까? 가슴을 가로지르며 지나가는 이 허허로운 시간은.

내가 나를 사랑하고 있다는 깨달음을 가르쳐준 아버지 목소리에 정신이 번쩍 들었다. 지금부터라도 내 생을 유심히 관찰하면서 적절한 순간, 삶의 방향키를 과감하게 돌릴 것이다.

참 이상한 일이다. 민들레 홀씨가 바람에 날리듯 가볍다. 마음속에서 놀랄 만큼 무겁고 심각한 것이 정말 이상하게도 홀가분하다. 동전의 양면처럼…. 그것이 인생일까….